公输于兰 ／著

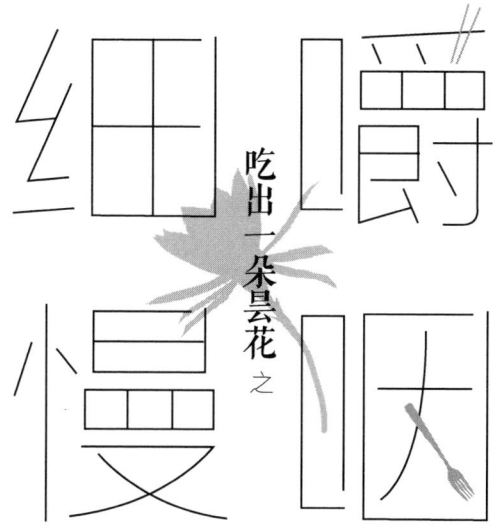

细嚼慢咽之
吃出一朵昙花

上海文化出版社

序 / 001　食物是淡泊的情诗

沉底煮蟹经 / 005

- 007　做李大师的粉丝
- 012　刀鱼宴
- 016　整鱼出骨
- 019　腊八飨宴独一桌
- 023　林师傅在公馆
- 026　洋房里的糟醉咸臭
- 030　骨酱与猪手
- 033　沉底煮蟹经
- 036　马姐家宴
- 039　海派川味油辣椒酱
- 042　金娣的粽子

餐厅里的文人滋味 / 045

- 047　江洋畈的杭州味道
- 050　游与食
- 053　餐厅里的文人滋味
- 057　东坡居的霞与味
- 060　清远吃鸡
- 063　农家后院的清远鸡
- 067　乌鬃鹅与烧肉
- 071　云南的半桌酒席
- 074　姜的糖
- 077　香格里拉的牦牛肉
- 081　泸州的鱼
- 085　太仓刀鱼宴
- 089　四鳃鲈的替身

092　塘鳢鱼的转身
096　香青菜
099　美味大头菜
102　东关毛笋
105　崇明的农庄菜与水仙米
108　喀什的蜜杏
111　黄元米果
114　中国果子
117　麻麻搭搭芜芜嘎嘎咸咸辣辣
121　合鲞大红鱼

127　腐生活
130　年香
133　姆妈剥的毛豆子
137　美丽的兔子
140　都市里的农家菜
143　汽锅与火锅
146　围墙外的黑暗料理
149　云腿与月饼的美味关系
152　鲜肉月饼
155　不发月饼的日子
159　婚宴且贵且平庸
162　那些与红楼有关的蟹宴
165　农家乐，不乐
168　群里飨宴
171　当美味渐渐远离

菜尖之美 / 175

177　我们胃里的蛋白酶
180　从醓醢到豉汁
184　吃酱油
187　当乳酪遇到腐乳
190　火腿，火腿
193　西腿与中腿
196　蚕豆花儿开，奢吃嫩蚕豆
199　蚕豆花儿香，不吐蚕豆皮
202　初尝新麦
205　菜尖之美
208　南瓜
211　芋艿乳腐
213　为一只苏北包子点一桌菜
216　吃蟹搭根甜芦粟
220　台湾冠军牛肉面
223　苏州大方糕
226　所谓"海刀"
229　莲子
232　佛手香
235　粥样的日子

后记 / 238　云厨房

序

食物是淡泊的情诗

　　有一亲戚的女儿,找男友找了好几拨,有的甚至都到了商量订酒席的地步,最后还是散了。 所有人都以为女孩择偶标准高,却想不到有一天,她嫁给了一个没有本地户口、相貌平平、职业普通的男孩。 女孩道出的理由非常简单,就是男孩会做饭,能煲一手靓汤。 男方的家人为了订婚千里迢迢到上海见女方家长,见面礼是许多许多当地出产的龙眼和荔枝,说是亲家人自己吃不了可以送人的。 女孩高高兴兴地将这些甜蜜的食物分送给亲戚朋友。 问她:男方说了什么时候买房吗? 女孩愣了一下:没有,大概是先领了证再一起买吧。 如今,证领了,婚礼举行了,房子也由双方父母一起赞助了首付,虽然不大也不新,但是有了温馨的窝。

　　另有一个朋友的孩子在欧洲留学,临毕业发回一张女孩的相片,笑靥如花。 姑娘家境殷实,虽不擅料理,却但凡有好吃的,都记得留给男孩。有没有情人节送玫瑰花？有没有烛光大餐？做父母的不知道。只是最后，居于中国南北两个不同城市的双方父母见面，没说房产，也不提钻戒，而是不约而同地都带上了自己城市的美食土特产，这俩孩子就算大事敲定了。之后，但凡有新鲜的本地土产上市，彼此都不忘捎上一份给未来亲家，就像是给自己居在远方的兄弟姐妹。就这样，原本两个没有任何关系的家庭，从此变得亲密。

我周围有不少年轻人到了谈情说爱的年龄。与谁在一起了，与谁分手了，都是没有定数的。个中原因五花八门，有本非同类偶尔相遇又各自走岔了的；也有患小皇帝小公主病的，彼此对上眼后，瞬间本性暴露变成了乌鸡眼，斗得不可开交，最后分开了事；更有后援团队——那些老谋深算的家长们计较来计较去，生生将一对有情人计较成了买主和卖主，最后谈不成生意一拍两散了。

虽说人非草木孰能无情，然而人是动物，先有食性。用情识人未必能看得清，以食性辨人至少可以分清是否同类，是否可以和睦相处，一起慢慢变老。记得很久以前，曾听一位作曲家在电视访谈节目里说起他的爱情，说他年轻时正处于中国政治空气分外紧张的时期，他因为所谓的家庭出身不好而自卑，不敢去接近心里喜欢的人。可是几十年过去，那个住在心里的女神还是兀自住在那里，挥也挥不去，因为他老记得她在食堂吃饭的样子，像是自己的家人。还有更加不可思议的事，上大学的时候，有一位男生邀一群女同学到家玩，似乎为了赶个什么活动，大家来不及品尝男生姐姐搓的宁波汤圆了。男生就笨手笨脚拿来几个袋子把生的汤圆装上，叫女生们都带一些回家。女生们有的

细嚼慢咽

带有的不带,觉得太可笑了,即使带的也都半道上扔了。但其中有一人把汤圆带回了家,虽然这些汤圆最后都挤作一团,根本不能煮熟了吃。后来,这个女生嫁给了这个男生。很多年过去了,女生当年的小伙伴们偶尔说起这件事还是很惊讶,不至于吧,几个生的破汤圆就让你对他另眼相待了?女生却认为这很正常,当时她就是觉得男生的那个家很像自己的家。家里人聚会,不就是总将自认为好的东西叫大家都带上的嘛!

现实中的饮食男女,真正能够一起平稳地走下去的,不是那些力拔山兮气盖世、能够整出一场血淋答滴的草原饕餮大餐的狮王,或者占个山林霸一片江湖唯我独尊的龙兄虎弟,而是那些能够一起淡定地啃啃草、一同友爱地打打猎的喜羊羊和灰太狼们。这中间,食物是印证他们绵绵情意的淡泊诗篇,越平淡,越有深意。

沉底煮蟹经 /

　　待蟹壳微干不烫手，掀开蟹斗，蟹黄蟹膏都是完完整整地凝结。再看锅里的水，除了蟹入开水的刹那因为神经收缩，排出一条条的黑污，不会看到平常蒸蟹时流出的膏黄。尝蟹味，蟹的壳是脆的，一掰开，因为暴热暴出水，壳肉分离不粘，肉质水滑，一吮即出。

做李大师的粉丝

烹饪大师李兴福先生要做中秋鸭子宴了,粉丝们自然相约前往。

做烹饪大师的粉丝是不好说出口的。在所有直觉中味觉最刁,小时候吃惯的食物好比给自己的味觉打了底色,长大后再怎么受环境影响,也很难超脱自己的味觉积淀。味觉又喜新厌旧。如果自己"躬"(hold)不住,一种味道的饭吃不过三趟就倒胃口,便成不了合格的粉丝。

因为事先预约,到达的时候李大师已经准备就绪在大堂休息了。看到他,就会想起"蜀腴"。

"蜀腴",是1937年开设在浙江中路以西、九江路以南的广西北路上的"蜀腴川菜社",老板姓徐,四川来的。电影《色戒》与张爱玲同名小说都以这样开头:几个贵太太在打麻将,易太太说:"昨天我们到蜀腴去,麦太太没去过。"结尾又与开头呼应:"还是蜀腴呀,昨天马太太没去。"她们说的"蜀腴"便是广西北路上的这家餐馆。听李大师讲,这家餐馆有五开间门面，二楼全部是包房。在当时的上海滩，蜀腴也算是一家大型川菜馆了。当时的上海滩各名士、要员，上流社会的夫人、太太、小姐，将到蜀腴去吃饭当作一件很时尚的事情。蜀腴之所以有名，全因它的掌勺师傅何其坤。他没有照搬川菜的传统做法，而是根据上海人的口味，对传统川菜进行了改良，以轻麻微辣为基础，在鲜、香、咸、甜五味基础上，调和出七滋（麻、辣、咸、酸、甜、香、酥）八味（轻麻、微辣、椒麻、腴香、家常、怪味、红油、蒜泥）。而且与其他川菜师傅不同的是，何其坤借鉴了淮扬菜的注重刀工，在技法上有块、片、条、段、丝、丁、圆球、剞花，分别形态，令川菜成为"百菜百味，一菜一格"的海派时尚菜。

李兴福先生曾拜师于何玉坤门下，是地地道道的"何派川菜"传承人。老先生人长得清爽，瘦高，白净，气色好，厚实的上海本地口音，言行温良恭俭让。我在不同的饭店见到过他三次，每次他都穿一件洗得发白的靛蓝中山装，衬得鹤发童颜。但是一说到菜谱构思，他的态度马上权威起来，所有食客的赞美他都当仁不让、照单全收。这种貌似低调实则自尊、表面平凡内在高贵、以不变应万变的样子，倒真是符合他的师祖何其坤当年在蜀腴创出的"何派川菜"的风格。

我第一次品尝李大师的手艺是在有一年春季刀鱼上市时，大师帮人研制应季的鱼宴，他认为刀鱼太昂贵，不适合大众消

细嚼慢咽

费,想做一顿不逊刀鱼的鱼宴。其时,对李师傅在沪上川菜界的名声已有所闻,而一顿清淡适口、鲜美丰腴的鱼宴,让我根本忽略了他的帮派菜身份。那些改良的川菜,像微带酸辣的松鼠鳜鱼、豉椒馥郁的干烧明虾,以及外爽里嫩的香酥鱼卷,每一道都色味清雅,刀工细致,若说这是淮扬菜或者官府本帮菜,也不为过。第二次品尝李大师的菜,是他为一家新开餐馆做技术监制。所谓张爱玲"色戒"时代沪上闻名的"蜀腴"招牌白切肉、鱼香肉丝、怪味牛肉、香酥鸭等经典何派菜一一登台亮相,令我眼界大开。席间有几位自称是李大师粉丝的香港客人大呼过瘾。原来二十多年前,李大师作为上海绿杨邨厨师长,曾被派往香港开设绿杨邨香港店。开张那日,一些1949年前后从上海迁往香港的富家子弟抱着试试看的心情前去尝鲜,结果到最后,食客们连干烧明虾和鱼香肉丝的汁都舍不得剩下,用面包吐司蘸刮干净。这么多年来,李大师常被请到各种饭店做技术指导,这些人也就追随他,大师到哪儿,他们就吃到哪儿捧场。他们说,吃李师傅的菜,会想起从前的时光,想起阿姆(宁波人喊母亲为"阿姆")在屋里厢烧菜的味道。

李大师秉承何派川菜"百菜百味,一菜一格"的宗旨,用淮扬的精料细作、清淡雅致,去化解川菜的麻辣咸,变成轻麻微辣甜酸鲜香咸淡适中的海派川菜,再结合上海四时的节气风物,在川菜谱的基础上,化出无数主题菜单。中秋鸭宴就是这样的作品。

六冷菜：水晶鸭方、椒麻鸭掌、怪味鸭丁和糟香鸭胗。四味不同的鸭菜配上酸甜微辣的珊瑚白菜和本帮特色的干煸笋尖两样蔬菜，有点绿叶衬红花的味道。七道热菜构思不凡，有些堪称极品佳作。人少，香酥全鸭怕吃不掉，他把这道硬菜换成香酥鸭卷，裹住鸭肉卷的香酥是他亲自炒的，松香无比，内里的鸭肉居然有汁，吃的时候配酸甜微辣的蘸酱，无论品相还是口味，亦中亦西，宜南宜北。芙蓉鸭舌以菜胆为衬，每棵菜胆都嵌火腿丝点头，用芙蓉卷起干贝丝和鸭舌，青山绿水般的江南菜的样子。但是，细品之下，有一点点椒麻香，依然有川菜的辨识度。生鱼狮子头是扬州狮子头的样子，但是用黑鱼肉而不是猪肉，其鲜美爽口令人想起四川特有的长江团鱼。一道鸭肉大春卷，自制的面皮比一般春卷皮酥脆，拦腰切开，里面整齐排列的鸭肉丝、笋丝、香菇丝滋润得养眼，若有似无的汤汤水水鲜香可闻，让人忘记按常规蘸什么醋或别的调料，直接就送往嘴里了。

细嚼慢咽

大师菜单	**中秋全鸭宴**
	冷菜
	水晶鸭方　椒麻鸭掌　怪味鸭丁　干煸笋尖　珊瑚白菜　糟香鸭胗
	热菜
	香酥鸭卷　芙蓉鸭舌　红云紫菊　响铃鸭块　干烧明虾　生鱼狮子头　绿女穿纱裙
	点心
	鸭虾春卷　酒酿圆子

刀鱼宴

海派川菜烹饪大师李兴福先生自掏腰包配食材，要在刚刚听到二月早春的脚步声时，做一席无刺刀鱼宴，请一众他的热络拥趸品尝。他说要让大家看看川扬底子的官府刀鱼宴会是什么样子。面对一位年逾古稀，还心心念念要将老本行干得出彩的长者，最恭敬的方式便是顺从。

良轩，简洁素朴的食所让我想起法国南部几家上米其林指南的小餐厅，除了白桌布、白餐瓷以及闪亮的不锈钢刀叉和玻璃杯营造的洁净，没有任何与奢华沾边的装饰。所有去的人仿佛只有一个理由，那就是品尝。

一个好的职业人，日常行止都有职业范。李师傅自己请客也是一派烹饪大师的范儿，客人到了，自己问前台找座儿去。大师只在厨房，非到宴席结束，不会在食客面前现真身。每个餐位前摆一份装帧讲究的菜单，淡绿的封面透着春意。

看着近十道菜的谱，心里嘀咕：刀鱼又不是带鱼（之前做功课上网查刀鱼的各种做法，结果凡是图文并茂、做法纷呈说刀

细嚼慢咽

鱼的，展示都是带鱼而非长江刀鱼），做那么大排场，还能彰显它清明前黄金时段物以稀为贵的身价吗？

茶过两巡上菜，发现是中西合璧的形制。五道冷菜都按单人份制作，然后分别组合成叫做五福临门的头盘，人各一份，精致雅气。油爆刀鱼，看得出是取刀鱼实在无法剔刺的尾部经油爆淋汁而成；刀鱼鸭脷乃取刀鱼茸做垫底，上卧一枚去骨鸭舌。为了入味，鸭舌中间穿入鲜青笋和火腿丝各一；鸽蛋刀鱼看上去是一枚披挂蔬菜红绿丝的剥壳鸽蛋，切开一看，里面的蛋黄已剔除换成了刀鱼肉。这三样刀鱼冷菜体量极小，制作精细，吃口各异，都能够吃出新鲜刀鱼的香味。再配以同样体量的川菜陈皮牛肉和时蔬竹荪青笋，色香味彼此烘托，起到了开胃和引导宴席味觉主题的作用。

热菜金狮刀鱼是将淮扬菜和粤菜中的狮子头和金翅羹概念拿来，以刀鱼肉做狮子头，配以白汤和刀鱼芙蓉镶翅，神形兼备；锅贴刀鱼是取面包做底，涂以刀鱼糜入锅贴煎至面包酥脆，配有小盅XO酱，以及一大颗剖开的鲜草莓，口感新奇丰富；花胶吞刀鱼是将刀鱼茸嵌于花胶内，以高汤炖透，上盘配一枚填满刀鱼茸的香菇、一朵碧绿的西兰花、一小粒胡萝卜和一指坨米饭，将清鲜的菜一一吃尽后，再用米饭蘸汤汁吃，一滑而过的鲜味顿时变得立体起来。

正菜双边刀鱼上来，所有人感到有点诧异，首先一致认为没有见过如此厚实的刀鱼。以前见过的长江刀鱼再怎么大，也是扁扁的一片若银叶般卧在盘里，待要吃时，都恨不得自己有猫样的灵动舌头，能够将依附于发丝般细密的鱼刺上的鱼肉舔舐下来。可眼前盘里躺着两条刀鱼，看上去更像是秋刀鱼，有一定的厚度。用筷子轻夹，鱼肉成小块轻易就能夹下，呈骨肉分离的状态。鱼肉下是贴在盘底的整条鱼骨。难道是半条鱼？想想一条也没有这么厚，半条岂不应该更薄？饭后请了李大师来讨教，才知道这两条刀鱼足足用了四条刀鱼的鱼肉。大师先是让徒弟们一起将刀鱼的皮尽可能完整取下，然后剔除鱼皮和鱼身上的刺，保留两条带鱼头鱼尾的完整的鱼中骨。这是极为繁琐的活。每条鱼差不多有一千几百根刺，一个师傅带两徒弟需四个多小时才能完工。为了不让剔鱼刺的手温过高破坏娇嫩的刀鱼的新鲜，剔刺的时候还要备一盆冰块，时不时将手放上去降温。放盘的时候，要先将所有鱼肉放在两条中骨上，再绷上鱼皮，这样，出锅后看上去才是两条完整的刀鱼，但其实是四条刀鱼做成的，吃口一若新鲜的刀鱼。这样费功夫的双边刀鱼，比自然状态的整条刀鱼吃起来更方便，更过瘾。

　　点心，刀鱼茸烩面，汤底像西餐奶汤一样的白、一样的醇厚，但绝对有着中餐白汤的淳鲜，一点不浊。刀鱼春卷有绿和白双色馅，绿的加了绿色菜蔬，白的是纯刀鱼糜的，而翡翠拔丝刀鱼是把刀鱼糜裹着蛋清和面粉油炸了做成拔丝，并点缀着青果。这两道点心一咸一甜,样子非常家常,吃口尤其妥帖,就好像富贵人家用最好的料子做最家常贴身的衣服穿,让人体会到一种蚀骨的奢侈华丽。

品尝这样一场盛宴,不能用饕餮的姿态,只能像看一幅好画,听一段美妙的音乐。你能感受到它鲜明的风格,更须怀想风格底下,那绵绵流长的厨艺传承。

无刺刀鱼宴(每人分食制)
<u>冷菜(五福临门)</u>
油爆刀鱼　鸽蛋刀鱼　刀鱼鸭朋　陈皮牛肉　竹荪青笋
<u>热菜</u>
金狮刀鱼　锅贴刀鱼　花胶吞刀鱼
<u>正菜</u>
干烧明虾　双边刀鱼　珍珠刀鱼
<u>点心</u>
刀鱼茸烩面　刀鱼春卷　翡翠拔丝刀鱼
<u>生果拼盘</u>

长江刀鱼
学名长颌鲚,属洄游性鱼类,平时生活在海里,每年2至3月份,长颌鲚由海入江,并溯江而上进行生殖洄游。由于长江污染加剧以及滥捕滥捞,长江刀鱼产量逐年下降。清明节前,刀鱼洄游于长江入海口,这里淡水与海水交界,饵料丰富,刀鱼肉质鲜嫩,为最佳食用季。由于近年刀鱼产量锐减,物以稀为贵,刀鱼的价格比较昂贵,一般只取清蒸烹任,红烧和油炸熏鱼少见。无刺刀鱼宴应该算刀鱼季的极致了。

整鱼出骨

一日,有位特别崇尚西方文化的年轻人对着我不无得意地说:西餐之文明表现之一,就是你就餐时几乎吃不到肉里包骨头的食物,不会发生骨鲠在喉的危机。但凡吃过西餐的人确有体会,无论头盘还是大菜抑或羹汤,不管食材是鱼还是肉,几乎都是剔骨而出。即便有骨,诸如烤骨仔棒之类带有东方游牧色彩的品种,也都是骨肉分离后,只将骨头小心地搭建在盘子的一侧作为装饰。因此,西餐给人的印象就是凡盛于盘中的,都是可以放心吃到肚里的。为了让食物纯净无骨,西餐大厨处理食材在我们看来较为浪费,鱼只取肚子或背上无刺的部分,肉肯定不会有小排骨之类,鸡鸭也只用胸脯肉和腿肉。这样一来,西餐在视觉上的量价比与中餐不同,一个大盘子中,只有中间一小块鱼或者肉,但是,食客一定要记得,这一小块鱼和肉往往代表半只鸡或者一整条鱼,不然会对最后的价格难以接受。这样处理食材的传统,使西方人可以放胆让路还不会走的孩子就上饭桌自己抓食吃,也使第一次面对中国家常菜的西方人感到为难。

细嚼慢咽

有一朋友说,他接待过儿子学校的德国交换生,第一餐做了一道咖喱鸭块,自然是按照中国方式连皮带骨把生鸭斩成块处理的。没想到,那个德国小男生把第一块鸭子放到嘴里后,含了差不多有一刻多钟没有吐出骨头来。只好叫作为同学的儿子问他出了什么问题。结果,德国男孩害羞地说,咬不动,咽不下。原来他是想要将骨头嚼碎咽下,因为在他德国的家里,父母规定,吃到嘴里的东西是不可以再吐出来的。不过就此说中餐一定比西餐不讲究可就错了。

中餐也有出骨的传统,论技艺远在西人之上。西人只取动物食材骨少肉多的部位下刀,却把中国人认为最最鲜美的骨边肉尽数舍去。中餐是上千年积累的美食经验,越是骨多的食材品种,在国人眼里越是鲜美,于是越要剔骨取肉来做菜,所谓难中取胜。这样的想法造就了许多味道鲜美的整鱼出骨的菜,如松鼠黄鱼、松鼠鳜鱼、青鱼片、黑鱼丝等。其中最最不可思议的要数无刺刀鱼宴了。一条刀鱼的鱼刺大小有1400多根,要如何才能整理干净又不失刀鱼的美味?沪上善制无刺刀鱼的烹饪大师李兴福笑解其中奥秘。

大师说:刀鱼虽贵,但如果不出骨,吃来吃去清蒸、红烧,也有吃厌的时候。而刀鱼去骨取肉后可烹制出三四十个菜肴。

看李大师给刀鱼出骨是一种享受。他一般取整条刀鱼150克左右的来出骨。鱼洗净,平放砧墩上,头左尾右,鱼腹朝着自身,鳃骨下距月骨约一厘米处横切一刀,斩断脊骨,再在平鲚门后距离尾部约七厘米处切开一厘米大小的一小口,以能斩断脊骨为度,左手按下鱼头右手持刀,端平刀身,从脊椎断骨处,进刀,用平推刀法缓缓用力向前推刀,左手按住鱼背,至刀达尾部脊椎断骨处。再用批刀法将刀向肋骨处横批割离脊肉与脊骨。这一面批好后翻过鱼身,用拇指和食指捏住鱼头,其余三指贴住鱼身,用拇指将鱼头推向上脊椎,断骨即暴露,采用同样方法,合这一面脊椎骨,肋骨脱离鱼肉,再翻过鱼身,用左手按住鱼腹,批去鱼肚骨。这样就生成两条鱼的肉,随后用小尖刀轻轻将鱼肉剖成鱼茸。再将鱼茸内小鱼刺细心地去尽,就成无刺刀鱼肉。用这刀鱼肉就能烹制各种无刺刀鱼佳肴。大师说,出整条鱼的骨,思想要集中,下刀要准,稳,平。做这事要"有心相"①,不能有一点点浮躁。如果做双边刀鱼,要取完整的半边鱼皮,还得把鱼皮上极多极细的刺一一挑尽。出一条刀鱼的肉,若再取皮,大概得三小时。为了保持鱼肉味道不变,要备一盆冰块,时不时将出骨的手放上去降温。

  这样做一道菜非文明一词可喻,唯视其为精益求精、费时费力、物尽其用、真正低调奢华的正在逝去的中国贵族餐饮文化,方可珍享。

---

① 编者注:有心相,吴语词汇,指有时间、精力、兴趣、耐心做某件事。

腊八飨宴独一桌

腊八，今上海入冬以来最冷的一天。刮风，小雨，雪珠和雪片时飞时停。驱车至苏州观前街，已是饥肠辘辘的正午时分，下车寒气逼人，更觉瑟缩。寻小巷入观前商业街背面一栋略显颓败的清代小楼，过一简陋月洞门，上木作窄梯，但见竹帘半卷、椽梁齐整的旧屋内，花卉绕匝，灯光明亮，照耀着一桌色味鲜亮的苏州菜冷盘。这一刻最想拥有的温暖，便是眼前这一切了。

手写的菜单有拙朴的古意，八冷八热一大菜二细点，主食热汤面收尾，江南殷实家宴的标准。没有稀缺生猛的食材，都是江南常见鲜物。

冷菜酱鸭是红曲酱的，有明亮的胭脂色，鲜甜口，嫩而多汁。白萝卜丝切工细致，甜酸口味，特别爽脆，原来是用了太湖地区才有的产量极低的一种萝卜。据说，此种萝卜用来凉拌，即便名声极大的潍县萝卜或者如皋萝卜，都得望其项背。藏书羊肉很有名，到了这里，用琥珀一样的羊糕切成薄片摆冷盘，温润端方，极有情致。苏菜油爆河虾必不可少，但做得比一般的油爆虾少了油嚼气，多了鲜嫩滋味。荠菜碎末芡汁淋鲜蘑菇是苏菜里的常菜，在我所吃到过的苏州菜中却也不是回回都有，大概是鲜蘑菇在加工过程中的色面难以把握的缘故吧。但是这一盆蘑菇一个个圆润饱满色鲜，满天星般裹着荠菜碎粒，吃口清而不淡，恰到好处。白斩鸡用的是走地鸡，色面很清纯，没有为表明散养而刻意喂色素食物而呈现的油黄，入口鲜香。

热菜中的糟溜鱼片应该是我所吃过的无数糟溜鱼片中最为入味的一款，糟香渗透鱼肉的所有肌理，没有市面上调配糟卤那种味精和盐过度而产生的涩口。松鼠鳜鱼刀花处理得深刻而齐整，过油氽炸后淋上酸甜汁，无论从哪个角度看，都是一个蓬蓬松松的松球模样，因为张着大嘴，顶着一撮绿色西兰花，萌态十足，让人有点不忍下箸。值得一说的是这道鱼菜的味，虽然是酸甜汁，但绝不是其他省份的人臆测的那种恶甜和劣酸。酸和甜的融合，除了天然的植物果实自然生成的那种比例得当的天赐，能够调配得当的，我看也只有杭州和上海的高手制作的糖醋菜，以及今天这款苏式松鼠鳜鱼的酸甜汁了。甜不掩盖酸，酸不抢夺甜，但又必须平平稳稳融合在一起，还要能托出鱼肉的鲜和嫩，而且汁要稠而不滞，濡而不泻。苏州的大肉菜酱方是鹤立于其他帮派菜式中的红烧肉的，色那么亮，肉那么嫩，拍桌肉会抖动，下箸却能夹起，入口即化，瘦肉却依然丝

细嚼慢咽

缕毕现。据说做一道这样的酱汁肉,需几道工序在几天里一一完成。富贵是需要时间堆砌的,这样的吃功夫的酱汁肉与其他红烧肉放在一起,雅俗立现。这不得不归功于富庶了几个世纪的苏州人过日子的讲究,因这讲究生成出一种江南特有的生活美学,平凡里的惊艳,庸常里的精致。后来上得一道玫瑰小方糕也是这种生活美学的印证,白而糯、细而粘的小方糕,透着粉红馅色,咬开,里面香而微甜的玫瑰汁会流淌出来。

此屋名"过云楼",此宴唤"独一桌",盖苏州烹饪协会会长华永根大师主持研发并由其朋友徒弟一起料理的,在其他地方,即使花钱,也未必能够吃得到。这里的菜与苏州官府菜相比,少了花哨的意境和繁缛烹饪方式,是实实在在的苏州殷实平民的菜肴,上可攀附官府菜对食材新鲜度的追求,下可接纳太湖船菜的一些特味。比如一道大菜砂锅母油鸭(所谓母油就是在三伏天晒制到秋天用的优质酱油),用这种酱油做汤,其味更鲜更浓。满满一锅红汤,铺满了细而香的京葱,整鸭色呈棕红,加上冬笋、猪蹄、香菇。由于汤被油面盖没,看似不热,一呷却很烫嘴,在这寒冬腊月的时候,真是暖到心里。

华永根大师吴侬软语的苏白我不是句句能听懂,但是听人讲他收徒的做派,揣度他在苏州烹饪界的存在感一定非常了得——穿一身唐装,戴墨镜,端坐太师椅。门徒入室须手捧一盏茶,向他鞠躬,再单膝跪地将茶敬上,方能礼毕。再说这

"独一桌",设在烹饪协会技能名师工作室里,悠悠岁月,这里往来诸多陆文夫这样的文化名流,江南古城人情世故,几多温雅,细细品咂,真是醉了。

大师菜单

腊八飨宴

冷菜

姑苏酱鸭　葱油白萝卜丝　白切藏书羊肉　苏式油爆河虾　荠菜碎末淋鲜蘑菇　白斩鸡

热菜

糟溜鱼片　松鼠鳜鱼　苏州酱方　如意芽菜、砂锅母油鸭　鸡粥鱼肚　红烧甩水　菜心酱方

点心

玫瑰小方珍珠糕

细嚼慢咽

林师傅在公馆

曾经看过一部电视剧《林师傅在首尔》，讲的是川菜大厨林师傅阴差阳错到首尔拯救了一家中餐厅。由于剧中是一众中国演员在哈腰盘腿很夸张地演韩国人，看得人甚是欢乐。没想到今年开春的第一个饭局是去上海首席公馆，吃另一位林师傅做的绍兴菜，居然也成为一件很欢乐的事。

在我小的时候，首席公馆这个地方是上海交运局所在地。但在老一辈人眼里，这块当年法租界的风水宝地曾是一个说出来叫人胆寒的处所。它是旧上海青帮教父杜月笙的公馆，也是黄金荣、杜月笙和金廷荪等黑帮老大合股的三鑫公司办公处。无论它前庭小小的亭台池塘有多宁静，西洋建筑内的陈设有多精致，也无论曾有多少名流巨贾王公贵族光顾，说起这个地方，总会联想到烟土、长枪队，以及那句有名的"奈伊做忒！"背后的血腥。2007年的时候，首席公馆挂牌作为城市文化遗产精品酒店开张，其贵过五星酒店的客房标准成为上海乃至全球酒店业的一桩新闻，美国《纽约时报》曾辟半版专辑介绍它的前世今生。酒店里的意式西餐和粤式中餐吸引了不少猎奇者，一时间，许多人都在描述自己推开上海滩上流黑帮生活的门时那份欣喜和感叹。

可如今，居然有一位道道地地的绍兴"下饭"师傅（"下饭"为绍兴方言，"菜"的意思）在这里掌勺，被誉为"上海滩左岸"的公馆，一下子还原了它作为私宅的烟火气。

绍兴菜是有江南水乡风味的，作料以鱼虾河鲜和鸡鸭家禽、豆类、笋类为主，讲究原汤原汁，轻油忌辣。但是，绍兴菜跟苏锡帮的菜又有所不同，绍兴多山，夏天更炎热些，冬天更阴冷些，所以绍兴人的口味似乎也更加凛冽些。他们喜用冲突的手法拿新鲜食材去配腌腊制品，再用蒸和炖的方式入味，达到矛盾统一。故而绍兴菜汁浓味重。绍兴又出黄酒，调料突出绍酒，香味浓烈。这样的烹饪特点，使得绍兴人似乎家家都配有蒸屉，菜都在蒸屉里于饭镬头上端进端出地蒸煮，吃剩的也端进端出回热。林师傅的头盘冷菜一上来就让人感受到这股浓浓的"亨格老倌"饭镬头上的气息。

一盘酱野鸭用的是绍兴的小体量野鸭，肉瘦皮紧骨细，酱汁浓稠。一份蒸鱼干用鳜鱼制成，用了不少绍酒，鱼肉洁白细腻，鲜香扑鼻。一碟蒸香肠，绍兴的香肠在江南一带其实非常有名，跟广东香肠不同，它用的肉都是肥瘦搭配的大块肉而非肉糜，再加上调料简单，少用糖，除了酒香，一点点酱香，很

细嚼慢咽

少有别的跟肉味相冲突的香料，所以能够保持肉肠的天然味道。一碗鲞冻肉，用去骨黄鱼鲞切成大块跟猪蹄一起炖，冷却后鲞与肉结成半透明的冻体，鱼香和肉香浑然一体，咸鲜可口。这些都是从前绍兴富裕人家大冬天里必做的菜肴，要么可以反复回热，要么在大冬天冻得结结实实耐得久藏不坏，而且，这些菜做起来量都比较大，年夜饭时可以凑碗头（菜的数量），年后还可以用来过早饭。老派绍兴人的习惯是早上也是吃饭而不是喝粥的。试想，清晨起来，一碗香喷喷的大米饭，几盘这样的小菜，配上凉拌的时蔬马兰头、虾油露浸渍的鸡块或蛋，再来几片卤水豆腐干，那是何等阔绰惬意的日子。无怪乎当年周作人离开绍兴前往京城，会那么思念家乡，写了无数小时候喜欢的菜肴以解乡愁，其中便反复提到鲞冻肉。他在《烤越鸡》中说："越人安越……腌菜笋干汤、白鲞虾米汤、干菜肉、鲞冻肉，都是好的。"说到吃藕，周作人认为，"把藕切为大小适宜的块，同红枣、白果煮熟，加入红糖，这藕与汤都很好吃，乡下过年祭祖时，必有此一品，为小儿辈所欢迎，还在鲞冻肉之上。"可见他内心是将鲞冻肉视为上品的。

不过冷盘只是开场白而已，真正的大戏应该是那几只挑战普通人味觉的绍兴热菜。

洋房里的糟醉咸臭

林师傅在首席公馆做绍兴下饭(绍兴人将菜称为下饭),头道几只绍式冷盘博得在座几位绍兴籍食客的交口称赞,但是谁也不会认真期待热菜中会有更加绍兴的味道出现。在讲究开放融合的当今时代,博采中西各派经典菜色再混搭几味地方特色菜,是大城市餐饮业通行的做法,洋房会所里哪能真摆出乡土气息浓郁的绍兴看家热菜呢?

但是,林师傅就有本领激活几位夯格老倌(绍兴话意为那个男人)肠胃里从小被屋里厢的绍式菜培养出来的蛋白酶。

先上一盘红烧土步鱼,土步鱼即野生塘鲤鱼,用最乡土的酿造红酱油加黄酒烧,浓油赤酱去掉了塘鲤鱼的泥土气和鱼腥气,保留了鲜味,也烧出了胶汁,口感鲜美,色泽红亮诱人。之后是一份鱼圆青菜汤,这种鱼圆我在绍兴曾经见过,是绍兴城里处处得见的漂在木桶里卖的手工鱼圆,嫩滑胜豆腐,轻盈洁白似飘雪,与碧绿的青菜共浴,入口即化,鱼味若隐若现。这一稠浓一清淡的两道鱼菜,像乌漆墨黑的乌篷船吱吱扭扭在

细嚼慢咽

青山绿水中航行，有一种乡土的诗意。

接着是热气腾腾的两道蒸菜：梅菜扣肉和清蒸臭豆腐。绍兴的梅菜扣肉与上海人家的梅菜红烧肉不同，红烧是梅菜带肉香，肉带梅菜香，利益均沾相辅相成。而绍兴的梅菜扣肉是用蒸的方法，将肉的油脂和香味完全逼到梅菜里，因而梅菜就成了主角，肉反而成了配角。这就有点像红楼梦里的一味茄鲞，最普通的食材用最好的食材去陪衬，这普通食物也就华贵起来，甚至华贵到越过那些陪衬的昂贵食材，分外招摇。同样的道理，清蒸臭豆腐用金华火腿来吊鲜味，结果臭豆腐成了当仁不让的主角，火腿则成了不起眼的调料。这种贵贱颠倒的主次关系，像极了传说中的绍兴师爷与他们所服务的官宦之间的关系，用一己之才能驭尊降贵，建立自己的江湖地位。

有了地位就会有脾气，历史上有几位"绍兴师爷"的脾气之凛冽曾经叫许多人吃不消。林师傅也有一道菜暗合了这种地域性格——越式霉千张。霉千张就是霉变发酵的豆制品百叶，我以前曾经遭遇过一次，其臭盖过臭豆腐无数倍，闻之躲到三丈远。林师傅的这款霉千张似也用蒸的方式，于是，在热气挥发中酵发的臭味又变本加厉起来。席中有位敬仰周氏兄弟的日本女士，抱着同样的心情斗胆尝尝兄弟俩家乡最为人说道的这道菜，结果那冲鼻的凛冽呛得她捂着嘴眯着眼只能发出"喔——喔——"的叫声。唯有那几个夯格老倌连连点头称赞，直道从小养起来的胃里的蛋白酶在作怪了。

最后压阵的是清炖野生甲鱼配虫草，炖甲鱼的高汤是著名的清香越鸡吊的。这道菜，既保留了绍兴乡土气中的精华，又因为加工的细腻、口味的清醇和食材的高华，将土气去掉，让享受这道菜的人经过一次味觉的野游回到豪华的公馆。

在大家享用意式奶油布丁的时候，林师傅登场了。他叫林荣浩，在绍兴的柯桥有一家自己的绍兴酒店，年龄不大，四十岁上下，讲一口实骨挺硬的绍兴官话。被请到首席公馆做绍兴菜，林师傅便坚持自己的主张：所有的糟、醉、腌、腊、霉、酵制品，都必须由他亲自做；所有的食材都必须采自绍兴，且必得经他过目。于是，洋房里居然就辟出一个专门做臭豆腐和霉千张的地方，还要腾出空间吊放林师傅腌制的鱼干。他每周往返绍兴，做酱油肉炒春笋用的笋，必须是当日清早在绍兴附近山上挖出的、刀劈能够流出许多水的笋。无论料酒还是饮用酒，也必须产自绍兴的几家著名酒厂。这样一个有着顽固作风的绍兴师傅做绍兴菜，叫他别做太地道的绍兴"下饭"也难啊，所以，这里的菜有一个缺点，就是有点咸。但是，菜不咸，也就不像绍兴菜了。

细嚼慢咽

首席公馆绍兴菜菜单	**绍式冷盘**
	虾油露双拼,野生鳡鱼干,绍兴香肠,绍式腌菜,卤水豆腐干,秘制酱野鸭,野生马兰头,鳌冻肉
	热菜
	清炖野生甲鱼配虫草,清蒸臭香干,绍式炒河蚌,酱油肉炒春笋,梅菜扣肉,越式霉千张,有机芹菜炒肉丝,大头菜春笋海米汤,红烧野生塘鳢鱼,青菜鱼圆汤
	甜品
	意式奶油布丁

骨酱与猪手

上海菜里，比笋干红烧肉、腌笃鲜和草头圈子更加大众化却又不家常的菜，要数鸡骨酱了。听菜名，唤起人的好恶情感就跟鸡肋差不多。说档次低吧，它是鸡，或者鸭（也有鸭骨酱），比猪大肠高档多了，与咸猪肉、五花肉也不相上下。可说它高级吧，它只是以鸡或者鸭的骨架和调配复杂的酱料为原材料的，那可是连鸡肋都不如了。它最常见的是在实惠的小饭店里，小酌以此下酒算价廉物美；也常出现在大企业的食堂里，劳动后以此下饭可谓有滋有味。在以前只有草鸡的年代，家烧鸡骨酱的少，因为它做起来复杂，费时费力吃起来没有肉，若用整鸡斩碎了做，又舍不得。那时候鸡金贵，人们宁愿熬汤喝鲜美的鸡汤，再将整鸡白斩，吃它的原汁原味。等到有了现代工厂化饲养百天内上市的鸡，鸡肉的价格都已经非常便宜了，再用骨架做鸡骨酱便实在上不了台面，但用肥肥的鸡肉却也炒不成滋味深刻的鸡骨酱，所以这道菜也就很少见了。要不是老饕江连旸先生说，本帮菜厨师茅益要做一道鸽骨酱，问有无兴趣去品尝，我还真几乎要将这只传统沪菜忘记光了。

点菜就只求能够光盘，三两只开胃的冷菜，一道炖汤、一道点心，主菜就是生烧鸽骨酱和酒糟炖猪手。

用鸽子而非肉鸡做原料，我推测是取其原料上乘出得了台面。及至吃到嘴里，才知其中的讲究。鸽子肉质地细腻紧致，骨肉比例恰当，用它做骨酱，不会像肥鸡肉块那样呆腻，又有一定的骨感。而厨师在生炒鸽子块时，又用足了时间与火候，使得酱料完全深入到鸽子的骨肉中。最后，汁水收紧，酱汁裹肉沾盘而不泻。再配上微甜的琥珀核桃和鲜脆的百合，味道和口感的层次更丰富了。这样出盘的鸽骨酱，吃上去肉紧而不柴，骨香而不烂，真正将传统鸡骨酱的味与形发挥到淋漓尽致，而又有所不同。于是，原本极为平民化的菜，瞬间变得经典起来。同骨酱一样，既按照传统又有所改制的还有一道炖猪手。上海人习惯叫炖猪脚爪。极其稀松平常的菜，经茅厨师处理，就很出彩了。猪爪被文火煮透起出，改刀后用酒酿、糟卤、红枣、莲子和桂圆一起清蒸，出盘看上去依然是普通的炖猪脚爪，细品尝，风味独特。

中菜的魅力有点像中医药，无数的经典菜式都是长年经验积累的结果。用什么材，配什么料，怎么处理，做成什么口味，都是经过无数人的反复体验后固定下来的。这些经典菜式是中华美食的基因，不管以后怎么变异，有这些基因，就能追本溯源，衍生未来。其中就包含家常鸡骨酱和炖猪手。

鸡骨酱（鸽骨酱）

这是一道经典上海家常菜。关键在于一定要用到面酱、豆瓣酱或者海鲜酱，要注意酱和糖的比例，酱不能太多，糖要适量，防止太甜或者太咸。另外尽量不放水焖，而要用炒，把食材炒熟。不然就变成红烧鸡块。具体做法：

1. 选童子鸡剖肚去内脏，洗净，斩去头脚，将剩余的鸡肉架斩成4.9厘米长、4厘米宽的鸡块，焯水后待用；

2. 生笋两支切成滚刀块焯水后待用；琥珀核桃少许待用；

3. 炒锅置旺火上烧热，经滑油后，大豆油30克烧到七成热时，放入生姜、鸡块，煸炒到外皮紧缩变色，下入绍酒、酱油、白糖旺火焖烧一会儿，使鸡肉上色断生，吸收酱汁起锅；

4. 另起油锅，放少许油入笋煸炒至断生冒香气，入少许生抽着味，起锅；

5. 再另起油锅，放入12克猪油，油热后，喜欢辣味的可入几枚干红椒，再入少量面酱和海鲜酱，若酱料比较干，可加一点点清水或者高汤炒匀，将鸡块重入油锅在酱里翻炒，直到鸡肉颜色变深，入笋块继续翻炒，翻炒时注意不要焦锅，收汁后，入琥珀核桃炒匀，撒上炒熟的白芝麻和葱碎，最后淋上几滴香油。

炖猪手

将洗净的猪爪大火煮开文火煮透起出，改刀后码在盘里，再用酒酿、糟卤、红枣、莲子和桂圆一起清蒸。

细嚼慢咽

沉底煮蟹经

到了大雪之后再来讨论究竟大闸蟹是蒸还是煮，有点像在网络上将早已沉底的帖子再费劲儿捞上来，多少有点不合时宜。可是，我当时就这么有滋有味听进去了，想来也会有如我一样的人会对此感兴趣。不是有很多帖子会兜兜转转游走一年多又在朋友圈出现而被点赞的吗？

话说这回讲蟹经的是沪上食圈闻人姚耀东先生。

姚先生在老锦江北楼开情调十足的老上海餐厅名噪一时，更以人情练达能言善辩交友广泛而著称。不过在我眼里，他最发噱的是凡事都会以诗记之，无论时政绯闻还是日常生活，累积起来，居然已经有厚厚几本。这一次在他那里尝他改良过的八宝辣酱——脆爽酸甜微辣；腐乳纳豆秋葵——清新而味沉，都是比较适合已经习惯混合东西口味的新人类的那种，可他谈的却是老里八早的沸水煮蟹。

姚先生讲，你们晓得怎样弄大闸蟹才算对？可以说，多数人的做法都是错的。只要看看酒家贪方便，用大蒸笼蒸蟹，或者大锅水煮蟹,就晓得家庭里会有多少人仿效了。而这样加工出来的大闸蟹都不可能是最佳口感的。道理很简单,蟹是有生命的。所有的生命体在受死的过程中,都会紧张而释放毒素,这样急火蒸出的蟹,肉质僵,蟹黄也溜得一塌糊涂,而蟹体内的脏东西却无法排出来。如果采取温水煮青蛙的方式慢慢放水里煮呢?蟹的味道散了,一掀开蟹斗尽是一泡水。最佳的方式是什么?水要烧得哒哒滚,把捆绑好的蟹一下放进去,在蟹毫无准备的情况下结束它的生命,无痛苦,就不会有挣扎,也不会有太多的毒素产生。水要能刚好盖住所有的蟹。猛火快煮,沸腾后一般8到9分钟,视蟹的大小而定,然后赶紧把蟹捞出,让热气带出水汽蒸发掉。待蟹壳微干不烫手,掀开蟹斗,蟹黄蟹膏都是完完整整地凝结。再看锅里的水,除了蟹入开水的刹那因为神经收缩,排出一条条的黑污,不会看到平常蒸蟹时流出的膏黄。尝蟹味,蟹的壳是脆的,一掰开,因为暴热暴出水,壳肉分离不粘,肉质水滑,一吮即出。

大概好玩的人都会这样声东击西,才不算辜负那活跃而敏感的心性吧。这么谈着,姚先生居然拿出一首打油诗,写出来看很像一道煮蟹秘诀:"蒸蟹千年何为错,难保蛋白缓流失。沸腾瞬裹珍馐留,浸泡热浴却不游。出水高温另一功,脱湿挥发干唯求。蟹肥共聚善用水,不负江南第一鲜。"

只要蟹常有,蟹经也就不会停,留待明年一试。

细嚼慢咽

蒸蟹与煮蟹的区别
蒸蟹香,壳硬,色泽鲜艳。肉质略干;高温快速煮蟹,肉质鲜嫩,壳脆。两者都需要事先将蟹洗净捆绑。最好在蒸蟹和煮蟹的水里放些驱寒的紫苏叶和干姜。

马姐家宴

有人说,网络商务时代,连恒隆、港汇这样的百货公司都有沦为试衣间的可能,那么若干年以后,面朝马路敞开大门的,除了零星的便利店、洗衣店、修鞋店、菜市场、宠物美容医院等日常必不可少又需即时可取的商家外,再就是与食有关的现煮现烹的茶馆、咖啡馆、饭店、点心店了。可最近我突然发现,连吃食店也未必会有想象的那么多。这个想法源于赴马琳的家宴。

马琳是台州女子,嫁到上海十八年,与夫婿一起做外贸儿童用品的生意,一口沪语比从小被教导要讲普通话的上海小囡还顺溜。近年,夫妇俩购得世茂滨江一套二手房,无敌的江景位置,引得一众朋友白天黑夜都喜欢逗留在这里吃茶聊天。人的天性中存有贪吃这一嗜念,马琳得台州女家传的教养,烧得一手台州味的好菜,再加上她与先生都热情好客,有好景,又有好吃的,于是朋友越聚越多,到最后,连我这样兜兜转转认识的朋友都坐上了她家的餐席。

就是家用的小厨房,不锈钢的家用小炉灶、锅具和刀具,

细嚼慢咽

连砧板也是小小的,所以马琳家的菜就是一种家宴的气息,没有颠锅的油嚯气,也没有预先大批量制作的高汤、调味料、配伍食材的隔宿气,更没有花里胡哨中看不中吃的盘边装饰。马琳家所有端出的菜盘,都是实打实的新鲜货,就像家里有个不上班的能干妈妈,一早去菜市场买菜,然后绞尽脑汁做菜,到了晚上,孩子们回家,洗手,坐到餐桌前看到闻到的那样:红烧牛肉,满满堆尖的一大碗,看不见流汁,看得到清晰的块面,吃到嘴里,是又酥又糯又滋味十足,那是用牛腱、牛腩和牛筋配好一定比例慢慢煲出来的;黄油焗鲜带子,带子的个儿大若白玉扳指,没有泡发的药水味,个个Q弹有质感,黄油的香加上火腿细粒和一点点豉油香,完美的中西结合,让这道菜有了现代的味觉;家烧大鲳鱼,近两斤重的鲳鱼鱼身银白,鱼肉嫩滑,用台州淡酱烧法做出来,原汁原味,鲜美不可方物;红烧肉不是湖南口味的,没有呛口感,也不是杭州口味的,酱色不那么深,也不是上海口味的,煮炖没有那么透。就是台州味的,强调酱油红的原色,结果猪肉原汁原味的香气被烘托得非常鲜明。

因为是家宴,马琳家的菜谱随季节变化、市场物品的增减会不停地变化。每一次去吃饭,菜色都不一样,不变的是食材的品质,以及追求适度烹饪、强调食材原味的台州菜做法。马琳称自己就是个吃客,每一样食材一定要去这种食材上海最佳供应商那里购买。食材好,才是真的好,所以她有许多时间会消耗在寻觅食材上。这样苛刻的做菜追求并不是每个家庭都能做到的，除非到高级饭店，让星级厨师掌勺。但是若那样，又缺少了马琳做的家菜的质感饱满的味道，更不会有在马琳家客厅自由随性的惬意了。于是，马琳的朋友、她朋友的朋友，便总是借马琳家的餐厅和厨房一用，事实上是将自家的宴请全权交给马琳打理了。自然啦，友情是相互的，马琳自家的生意因为朋友的帮忙也愈加红红火火起来。

在马琳家吃饭的时候我就想，这样的家宴模式如果成为一种专业呢？如果有越来越多的食客喜欢这种家的味道，也有越来越多的做菜达人愿意在家经营属于自己特有的烹饪技艺，街面上岂不是会少很多没有特点又缺乏温情的饭馆。

细嚼慢咽

海派川味油辣椒酱

李兴福大师送来两瓶辣酱,没作太多的食用说明。由于家里总是常备各类辣酱一二以作调味用,也没太在意大师送来的。一日天寒,晨起烤完面包片才发现,所有可以拿来夹面包的酱或料都已殆尽,没有果酱,也没有肉酱,没有起司,更没有鱼片、火腿片之类的,于是想起那瓶大师自制的酱来。

大师制作的酱是胭红色的,不像"老干妈"那样干沥,颜色那么深,也不像面酱或其他可涂可蘸的酱料那么濡、那么黯淡。用这样的酱涂面包吃,极好上口,吃口不像"老干妈"那么辣那么复杂,也不像一般的花生酱、芝麻酱那样平庸。细细品尝,还能吃出里面有加工得极细的海米、肉粒、干贝等细料,极为鲜美。一旦尝过,便有欲罢不能之势,把其他用来配伍面包的食材全都忘得干净。

再一次遇到李兴福大师,便忍不住讨教起这酱的制作方法。大师便极慷慨地予以披露。原来川菜厨师一般都有自制酱料的本领。他把送我的辣酱称"油辣椒酱",还专门附注"四川叫油辣子"。他说此款辣酱属于海派川菜的做法，料虽平常，但味道好坏都在分量与火候的拿捏。

我们家常做菜的若能学得制作一味适用性大的酱料，也算给自家餐桌添上那么一星趣味和魅力，给自己的厨艺增加一点点技术层级。

海派川味油辣椒酱

配料：泡红椒1000克，干蚕豆200克，郫县豆瓣辣酱500克，小开洋50克，小干贝50克，植物油1000克，糖20克。

制作方法：

1. 干蚕豆用水泡发去豆壳，煮熟捞出，存放两天控水，斩成黄豆那么大小待用；泡红辣椒，将籽去掉，剁成末；郫县豆瓣与泡红辣椒、蚕豆瓣混合，再剁成末；葱姜洗净也剁成细末；小开洋小干贝用冷水捞一下也剁成细末。

2. 锅上火烧热，入油滑锅，将油倒出，锅上火再烧热，放入油，先将葱姜细末和小开洋、小干贝等入锅翻炒，等香味出，再将郫县豆瓣和泡红辣椒、蚕豆瓣混合的料入锅一起推炒，可用旺火炒，但推铲不能停，以防粘锅。边推炒边放入糖、鸡精等。直到锅内起鱼吐的泡泡似的，看上去变透明了，才算做好了。

细嚼慢咽

做好的酱要先盛在盆里，待冷却透，可装在广口瓶内，用保鲜膜封口，再盖瓶盖，放冰箱冷藏，可保险数月。

需要注意的是，葱姜开洋、干贝等下锅时，需文火，不然会炸成焦黑，泛苦味。而下郫县豆瓣酱时火可以旺一些，等炒到清油出现，又需将火转小一些，慢慢推炒，千万别让锅底出现焦糊味。若装瓶，瓶内要有五分之一的清油浮在辣椒酱上面。食用时，也不要先用油，而是先用酱，油可隔绝空气，令酱不易变质。放糖是为了吊鲜味，所以不可过多。

这款辣酱的风味辣而不死，麻而不燥，辣得适口，微甜微咸，适用性极强。可以涂面包，可以蘸海鲜、蘸寿司、蘸白煮肉，可以夹馒头，更可以做各类轻麻微辣川味炒菜的调料。

金娣的粽子

端午的粽子放在速冻格里，隔三差五陆陆续续吃到今天，就剩了这最后的一个，它出自朋友金娣的手艺。端午吃到的粽子有几种，有的是自己在超市买的，也有兄弟姐妹和其他朋友送的，唯有这金娣裹的粽子让我从心底里生出喜欢。金娣的粽子是三寸金莲的式样，俗称小脚粽，模样极为标致：足尖挺秀，足身肥腴，足跟平实，足踝饱满圆润，底长都是十厘米的样子。这些粽子虽经长时间水煮，但是粽叶还是绿绿的，用细细的红白或蓝白花绳缠着，颇有"新荷脱瓣月生芽，尖瘦帮柔绣满花"（唐寅"咏纤足俳歌"）的韵致。解开花绳，得仔细找，才能找到隐伏在前几道粽叶缠裹里的收头箬叶尾。抽出这一尾，提起来，米粽就翻滚而出，依然是一只完整有型的"三寸金莲"，粽叶上一粒米都不沾。无论是肉粽还是红豆碱水粽，用一双筷子戳住顶起，一口一口慢慢吃，直到最后一口放到嘴里，也不会有米粒松散落下，而粽米入口却软糯而又濡润。

很久以前，我曾经跟着电视里教授裹粽子的示范节目裹过

细嚼慢咽

几回粽子，知道粽子要做到漂亮还真是很难。粽米生的时候是非常松散的。要将易碎的粽叶弯成空漏斗状，把散漫的粽米和馅料放入，然后将其包裹成有型有款、还结实不松的粽子，没有手指手腕的内在劲道和熟练的指法，简直是一件难以完成的任务。无怪乎小时候听大人说，谁家的媳妇心灵手巧，就看这媳妇能不能包得一手好粽子。试想，连散漫立体外空内实的粽子都能够做得方棱出角，那事先都是在平面上完成的裁衣制鞋的女红还不是小菜一碟啊。

按照这个标准，一种广东人裹的只有两个面的四角粽我是根本不把它当粽子的，只当是糯米鸡。因为这样的粽子不太耐得久煮。我母亲不算手巧之人，因为她能够做很漂亮的小空粽子给我们玩，但是真到端午的时候，我家的粽子都是外婆裹了送来的。记得小时候有一年端午前夕，我母亲一本正经买来了糯米和五花肉，要在家裹粽子给我们吃。但是费了好大功夫，她才裹了几个粽子，这几个粽子看上去边边角角都圆咕隆咚的，不甚有型。当时有一位楼上的女邻居倚在我家窗外，抽着烟不声不响地看着，弄得我母亲有点烦乱，大概觉得出丑了吧，尤其在一个她心里根本瞧不上的没有工作、抽烟抽到牙黄唇黑的女人面前。过了一会儿，女邻居不请自来，进屋对我母亲说，你去干别的事吧，这点粽子我帮你弄，不消一个钟头就够了。看我母亲狐疑，继续解释道，我刚刚去洗过手了，不会有烟味的。我在边上看女邻居裹粽子，感觉特别新鲜。她裹的粽子虽然也如我外婆做的是三角粽子，但似乎比我外婆裹的更加出挑。她将粽子裹成有四个面的等边三棱体。每个面看上去都是一个等边三角形。每个角都多用一张批成窄条的箬叶包着角，仿佛今天的名牌包袋用小料包角一样，所以，每个三角立面上，等于又多出三个小三角形。裹好的粽子连缠绕的绑线都不用，只是将箬叶的尾尖用带孔的锥子帮着穿过前几道工序的缠裹，然后一抽，整只粽子都收紧起来，每个角都有三分之一高，成了圆锥了。这样的粽子看上去像一个翠绿的玩物，随便怎么煮也不会散架。粽子的口感往往跟裹粽子的方法很有关系。粽子裹得紧实漂亮，多煮不散，可以煮透，所以吃口也就劲道、黏糯。

　　如今会裹粽子的人是越来越少了。前几年，即使名牌老字号出售的粽子都长得很难看。解开粽叶，粽米松散，简直就是或赤豆的或酱油烧肉的糯米饭。今年众店家的粽子有奔豪华的趋势，所以外表都做得比以前好，但是内里的品质姿态依然没有多少进步。与这些粽子相比，金娣的粽子实在是秀外慧中的极品。顺便要说一句，我母亲因为这顿粽子，从此与抽烟的女邻居有了往来。从邻居那里，还学会了打好几种花针的毛衣。

餐厅里的文人滋味 /

看冷菜，是芳菲四月，荤菜摆成清雅的兰，千张包时蔬叠成静穆的莲，金黄的脆椒雕成欢悦的牡丹再配上苍翠的青瓜皮雕的叶，衬几颗娇艳的红石榴籽，那清新那喧闹，就是林徽因的"人间四月天"和"笑"。

细嚼慢咽

江洋畈的杭州味道

如今的上海闲人跑杭州,已不仅仅是为了看西湖或到灵隐寺烧香了。食游一体,玩的是体验。怀旧的老克勒依然会去楼外楼品醋鱼,去知味观尝金牌扣肉,去奎元馆吃虾爆鳝面。有车的工薪一族在梅家坞打牌、嗑瓜子、啖农家菜。最最新上海人奔南山路酒吧轧闹猛。有点身价的在杨公堤会所消遣。而显赫低调的大佬常潜于香格里拉,订一个面朝西湖的房间,请客会友。是否有一个地方,可能吸引上面所有的人驻足停留的呢?那就是江洋畈了。

江洋畈,南临钱塘江,北傍莲花峰,西连虎跑泉,东靠八卦田,总建筑面积达1.3万平方米,由西湖清出的淤泥堆积而成,经过许多年的堆晒,泥里的各种植物种子生根发芽,长成一丛丛灌木野花,一树树果实叶华,成就了杭州又一座充满自然野趣的生态公园。但江洋畈与另一座同样由西湖淤泥堆积而成的生态公园太子湾不同,它被杭州杭帮菜文化有限公司打造成一座与大自然融为一体的杭帮菜博物馆。

建筑风格与江洋畈的自然景物融为一体的杭帮菜博物馆由四部分组成。第一部分是杭帮菜展示馆。

无论是清末形成说法的四大菜系还是民国流行的八大菜系，杭帮菜都只算苏菜、浙菜里的一个分支。过去的一百年间，在上海滩落户的九帮十八派菜馆中，同属浙菜的宁波菜馆、绍兴菜馆的历史和名号都比杭帮菜要悠久和响亮，杭帮菜真祭出杭州菜旗号，并在上海连锁开店，还是近二十年的事。但是，如果认为杭州菜只是帮菜的小分支，杭帮菜博物馆没啥看头，那就错了。作为良渚文化衍延之地，魏晋南北朝的东南佛国，南宋小朝廷的偏安之都，明清两代统摄江浙两省的将军府城，再加有一片浓妆艳抹总相宜的西湖，几多王侯将相、仕宦贵胄、富商巨贾、迁客骚人来聚于此，使得杭州的菜就像杭州话一样，集南腔北调于一门，融朝野贵贱好多滋味于一炉。

杭帮菜博物馆就是个让吃货们开眼界的地方。它通过文物陈列、图文展示、影像模拟、模具再现、触屏互动等多媒体手段，将上至良渚文化，下至现代外交使节礼请，杭州上下五千年的历史名人风物，以菜系为线索做了一个完整的呈现。像杭州民间的传统点心油墩儿、婴儿糕等，如今几乎已经无处可买，但在杭帮菜博物馆，你却能够看到它逼真的模型。杭州家常菜肴几十大腕，每一样都做了模型摆在那里，油汪汪的虾爆鳝；浓郁的西湖醋鱼；看上去焦脆欲碎的炸响铃；炖到熟，熟到酥，酥到透明，透明到几乎滴下酱汁的东坡肉……每一件都惟妙惟肖，诱惑得参观者生出食指大动的欲望，直呼肚子饿。有些豪门宴会不仅做了三维仿真模型，比如宋代名将岳飞家的中秋宴三维模拟极其逼真，让你以为那盆儿里的鸭子只要一晃动就会溢出来，而且，还做了视频触摸互动，讲解和示范该菜品的具体做法。比如将军府的满汉全席，展示厅里不仅摆了好几大桌满汉全席的菜模供参观者长见识，同时，还在背景墙屏幕上，用视频示范做其中几款时令菜肴。

有一些好食之徒在满汉全席和南宋皇家宴席的菜谱和摆盘中来回比较，最后得出南宋必亡的结论，因为尽管南宋朝廷的菜没有清代满汉全席来得丰奢，但是穷成这样还莺歌燕舞，那就是作死的节奏。

博物馆中陈列的菜模都有关于菜名、由来、配料、做法的标签。只不过标签的颜色不同。白标签说明该物件只是模拟展示，而绿标签则说明这款菜在江洋畈杭菜博物馆所设的三个实体饭店可以点菜品尝。

有那么多名声响亮饕餮四海的帮菜，唯有"稍逊风骚"的杭帮菜建了博物馆，这是地灵人杰的杭州人做生意的智慧。

游与食

杭州最美是西湖,我却流连于江洋畈的杭菜博物馆。因为作为一个游者,我在这里感受到了一种久违了的、真正属于旅游者的氛围。

旅游与美食,向来是一个文化的统一体。去到一个陌生的地方,除了看那里的山山水水,还要见识那里的风土人情。中国地大物博,历史悠久,多民族融合,饮食习惯千差万别,风味特色荟萃缤纷,无论你习惯不习惯,喜欢不喜欢,每一个地方传承久远的美食,都蕴含着丰富深刻的人文叙事,都是那个地方地理、历史、民俗文化积淀最生动的体现。

但是,由于中国老百姓刚刚富裕起来,旅游消费处在初级阶段,追求到此一游的多,愿意为旅游的文化内涵买单的少。于是,在黄昏的西湖边,我就看到了这样的场面:一个男女老少六七人的大家子,在白堤沿湖的天鹅绒草地上围坐着,人手一个盒饭,你推我让地吃得热火朝天;中间还堆着几个白泡沫饭盒,里面盛着鸭脖、夫妻肺片、烤肉串什么的。顶风十几米,便能闻到搅乱了西湖秋兴的一阵阵葱蒜糖醋油辣腥。更有甚者，在西湖周边的售货亭，几乎每一个都有卖糖葫芦、煮玉米的，离湖不远还有卖烤肉肠、盐酥鸡。不管走到哪里，哪怕坐在湖边的酒楼里，只要能够看到西湖，就能看到啃玉米棒子、啃冰糖葫芦、啃鸡腿的人。如果再加上几丛喧哗的人群、几处高声叫卖、一处老也不停地播放着高分贝蹩脚跑调音乐的扩音设备，苏轼诗里描述的那个淡妆浓抹总相宜的大家闺秀，瞬间被糟蹋成蓬头垢面邋遢泼辣的村妇。

幸好江洋畈的杭菜博物馆还丝毫没有沾染这样的俗气。这里的承办者们牢牢捧护着杭州历史人文底蕴，好像生怕失去一丝一毫似的。杭菜展示厅里，尽可能将杭州菜与杭州的历史纠葛作最客观的展陈，看不到权力的趋炎附势。那些文人菜研究之精到，局外人难以想象。据说研究者为了研究出与某个文人相关的一只菜，会将他所有文字、有关他的所有研究资料都找来读一遍，有时还嫌不足，居然还找到他的后人去当面考证。然后遍寻最佳食材、调料，与厨师一起一次次试制调整，还得再配上最适当的器皿。找不到最适当的器皿，甚至可以自己设计绘制一套。连餐厅墙上的装饰画，都自己动手画上去，以期完美呈现心中想要的效果。

如此高品位的餐饮之道，自然不是人人都能懂得。可那又怎样？就像法国的精品葡萄酒，无论品尝它的道道如何复杂，最后总能等到懂它的人!

他们也照顾普通消费者,但不会居高临下搞大杂烩,或媚俗地在风景如画的地方弄一个乱哄哄的小吃一条街,而是建了体现杭州寻常人家滋味的钱塘厨房。在非旅游旺季的闲暇时刻,不时推出惠民菜谱。看到一份今年夏天的优惠菜单,就可以想象这样的场景:

在四方桌边坐落定,叫几只于博物馆里看中的菜。传统卤鸭半只二十六元,倒笃菜烧文蛤十八元,翡翠虾仁三十八元,干炸响铃十八元,尖椒茄子十六元,土烧暴腌黄鱼四十八元,宋嫂鱼羹二十八元,一块东坡肉十五元,一只油墩儿二元,一只葱包烩二元,一碗葱油拌面四元,一杯橘茶三元,一杯酸梅汤三元。一歇工夫,这些菜或用白瓷盆,或用从前浙人家中常用的高足蓝花碗盛着,被端上桌。浙菜量都不大,但三百不到的价格,三口之家或者三五成年人小聚,已是绰绰有余。

此时,最衬景的是一对将筷头轻轻笃齐再开吃的老人,猜想他们多一半可能是来怀念老底子旧情的浙籍。他们点的菜,直指食仓能容之几样甬绍风味,花销俭省,相比西湖边上那些喧哗的游食(持食物边走边吃)者,他们从容的进食风度里,流露着心头的华贵。

餐厅里的文人滋味

在杭州江洋畈,与杭帮菜博物馆配套的有三座建筑风格相近但细节各异的杭帮餐馆。

如若想抒一己民国之幽思,凭借芳草萋萋的江洋畈做一次时空穿越,最好的去处还是叫做杭州味道的餐厅。这里的每一个包厢都以一位杭州历史名人的史迹与美文来命名和修饰,你走进去,就会感觉走近了那个人、那种风格,甚至那个时代。

其中我顶喜欢的是雨巷厅。推开厚重的民国式深色木门,扑面而来的是烟雨迷蒙的江南——有着超强三维空间感的一整面墙的壁画,一边是青砖黛瓦镂空的粉墙,一边是逼仄的上了排门木板的旧筑,中间一条湿漉漉的石板路,路上是渐行渐远渐模糊的撑着油纸伞的女子背影。铺着白桌布的餐台和明式餐椅,就像摆放在临街的园子里,你品着菜,看墙上的风景,似乎也在品"雨巷"的诗意。更好玩的是这雨巷诗人似乎还能带一拨他的同时代人来看你。

这里的每一只菜都与一位与杭州有过交集的民国文人的品

行、文章和流传故事瓜葛着。看冷菜,是芳菲四月,荤菜摆成清雅的兰,千张包时蔬叠成静穆的莲,金黄的脆椒雕成欢悦的牡丹再配上苍翠的青瓜皮雕的叶,衬几颗娇艳的红石榴籽,那清新那喧闹,就是林徽因的"人间四月天"和"笑"。热菜所牵连对应的人物更加热闹,饮冰室主人梁启超好趣味主义,留有名言:"只有读书可以忘记打麻将,只有打麻将可以忘记读书。""梁氏趣味"就成了最最吸引人眼球的头道热菜了——白色的长方瓷盘内,一本翻开来的"书",这书用黄瓜批成薄片堆叠成有书脊书眉的立体围边,几乎可以看到册页的页码,书的左页版是白色的滑炒鱼柳,右页版是深色的滑炒羊肉丝。书的周边散落着几只老式的竹背骨面的麻将牌,上有清晰的东西南北中发白条子筒子等标志,那其实是一种好吃的点心,口感比松糕紧实,比黏糕松软。用它中和鱼羊味,方能品出一个"鲜"字来。苦雨斋主人喜淡泊,一款"作人咸鱼"——将一段暴腌的鱼煎烤得有点金黄,再配上一份蒜蓉干煎的豆腐,放在乌赤墨黑有老树木纹的平盘里,苦哈哈地隐逸到虚无,却生出一眼眼烟火气,正合了周作人《腌鱼腊肉》中所道的"食贫……不算什么好东西,却也已经够好"。"岳霖鸭丝"出自于金岳霖回忆录中提到用江南水鸭而不是北京白鸭的肉来炒二丝——姜丝炒鸭丝。大闸蟹扒霉苋汁豆腐煲隐喻的是章太炎嗜臭豆腐与夫人汤国梨嗜蟹,美其名曰"天作之合"。而一道"适之徽点",是在南方

细嚼慢咽

特有的精巧的竹扁里,齐齐码着干净而家常的塌锅饼,白瓷小盂装着几颗精致而平凡的鹌鹑茶叶酱蛋,兰花瓷碟里有一点点咸酸的雪里蕻,另有一小汤盅现磨现煮的豆浆。这一组貌似不相干的点心,里面居然有苏雪林记载过的胡适的早点徽州烤面饼,胡夫人江冬秀喜用的雪里蕻和常用来招待客人的茶叶蛋。当年胡适与之海誓山盟、临到最后又辜负了的曹诚英,在多年之后时过境迁,再见到胡适的时候,用现磨豆浆招待胡适,这道点心,等于将胡适在精神世界与现实人生中绕不开的新与旧、个人自由与传统伦理、勇敢反叛与怯弱妥协的矛盾,作了一个形象化的揶揄。类似的还有与郁达夫相关的"迟桂元鱼",其实就是桂花火腿蒸甲鱼,取郁达夫代表小说《迟桂花》和宋宪章回忆郁达夫的文章中记载的"达夫喜食各种鲜鱼,特别喜欢吃鳝丝、鳝糊、甲鱼蒸火腿";与王国维相关的"王式焖肉",便是王国维儿子王东明在《怀念我的父亲王国维先生》里描述他父亲最喜常吃的红烧肉;与康有为相关的"斜阳棹歌",一只开背大红虾头尾翘起,身壳做底,内中装着豆豉焗的雪白虾肉,几株苍翠蕉叶写意做船篷,隐射康有为一生嗜虾,并年过六十娶西湖船娘张光(小名阿翠)为妻。也让人想起西子宾馆的"蕉石鸣琴"和三潭映月那副最长的对联,皆出自康有为之手。如果是在大陆上过中学的,那么一看那道鸡丝火腿吊的羹汤"绍均纯藕",就知道这一定是契合叶圣陶那篇常常选入教科书的散文《藕与莼菜》的。

　　这里所有的菜装盘匹拼都讲究文人意境，但是色相味道又是实实在在的杭帮菜做法，干净、清淡、适口，不追求新奇怪和生猛。

　　将过去的名人留在餐桌上，把过去的时光拉回到餐厅里，这是杭州味道里最绝的味道。在雨巷厅咂品这种味道，应该也算是在品着一点民国的诗意吧。

细嚼慢咽

东坡居的霞与味

在江洋畈流连一整日，下午茶选在东坡居最惬意。西湖的好，淡妆浓抹总相宜的水光山色是她天生丽质的外在表象，西湖十景之无一处无来历的人文积淀才是她内在的精魂。以这一种天人合一的景观特性来观照江洋畈杭帮菜博物馆，东坡居算得上是畈上最得西湖神韵的处所。

起名"东坡居"便是大有讲究。杭州人对苏轼的情感有别于其他任何历史名人，这一点在林语堂《苏东坡传》里讲得最明白："杭州像是苏东坡的第二故乡，不只是杭州的山林湖海之美，也非只是由于杭州繁华的街道，闳壮的庙宇，是由于他和杭州人的感情融洽，由于他一生最快活的日子是在杭州度过的……他对地方建树良多，遗爱难忘，杭州人爱之不舍，以为与杭州不可分割……在你泛舟于西湖之上，或攀登上孤山岛或凤凰山上，或品茗于湖滨酒馆中，你会听到杭州本地的主人嘴边常挂着'苏东坡，苏东坡'。"作为好官的苏轼，活在西湖的苏堤春晓里，作为洒脱淡定的文人苏东坡，则活在与杭州相关的锦绣诗词里,以及百姓酒菜饭桌上的东坡肉中。所以,杭帮菜博物馆只有将每一个空间都有面朝江洋畈自然景观大面积落地窗的餐馆赋予"东坡居",方不辜负杭州人心中的苏东坡情结。

我选了东坡居里的水榭一般的闲情偶寄厅。这里,层高极高,有两面墙为落地透明玻璃,走出玻璃门,设有铺着木地板的户外活动空间,悠闲的遮阳伞下,撑着些许藤桌椅,周边是江洋畈景致最美之处。正是秋高气爽云淡风轻的好时节,畈上的植物霜染后五颜六色的,野菊花一丛丛自由自在地到处开着,木栈桥下湿地小溪的潺潺声若隐若现,伴着或近或远不知名儿的鸟的鸣啾。在这样难得的宁静里,不要贰多,只要上好的龙井一杯,略加茶点小食稍许,与朋友聊天、玩牌,或兀自上网、读书,一下午做个散淡的人,是一种奢侈的享受。

待到风气转凉的日落时分,回到厅里,在满壁霞光的玻璃墙内吃晚饭,你会点一桌大鱼大肉肥腻荤腥吗?不是不可以,菜单上样样有,只是若要对得起"闲情偶寄"这个厅名儿,还得先点一道"蔬食第一"——这是李渔《闲情偶寄·饮馔部》的篇首语标题,彰显他"脍不如肉,肉不如蔬,渐近自然"的饮食之道,也是东坡居向这位在杭州居住过很久,深谙生活美学的清代学人致敬的一道菜肴。

被叫做"蔬食第一"的其实是盐焗笋:一个象征黄土丘陵的粗釉陶盆里,盛满雪白的烤盐,里面冒着笋壳俱在的几支冬笋

细嚼慢咽

（若是春天，就换上更加鲜嫩的春笋）尖，背衬一座插着花枝的小山盆景，充满自然野趣。以为这笋就这样用盐焗熟那就错了。等到带上护手套，将温热的笋拿在手里，壳一层层褪去，发现笋芯里还填着将鲜肉与火腿调配在一起的肉丁。笋沾了肉味口感脆嫩滋润，肉取了笋的汁水而减了肥腻增了鲜美，这恰好将李渔《笋》篇所道"曰清，曰洁，曰芳馥，曰松脆"的蔬食之美，以及"笋肉齐烹"，"肉为鱼而笋为熊掌"，熊掌与鱼二者皆得的美意，诠释殆尽。

"蔬食第一"是《闲情偶寄·饮馔部》的导引，叫做"蔬食第一"的盐焗笋自然也应该成为在东坡居闲情偶寄厅食客点菜的指南，沿着如此细腻的美食之道，点配了山药的固始烧鹅、原汁原味的瓜姜海鲻、清鲜的都门水芹和忘肉黄芽（开水白菜的另一种做法）最适宜，一只金灿灿的蟹酿橙点出了秋的主题，最后来一碗虾爆鳝面，算总结了杭帮美食既奢亦俭、讲究巧工又追求自然本味的特性。

清远吃鸡

如果不是因为要参加一场婚礼，还不会做出去广东清远专门品尝清远鸡这样奢侈的决定。但接机的车下了广清高速进入清远城区，一路沿北江行驶，脑海里就开始转着"清远鸡"的念头。什么跑地鸡、清水鸡、猪肚鸡……凡此种种的店招和广告百十千米就是一家，时不时地在提醒你，这里是赫赫有名的清远鸡的故乡。

说中国人是喜食鸡的民族一点也不为过。偌大的国家无数的城市和乡村，号称地理标志的鸡种和特色烹饪的鸡菜数不胜数。不过能够将地理标志和烹饪手法合而为一的，我记忆中印象最深的只有浦东鸡、狼山鸡和清远鸡。浦东鸡以白斩三黄鸡而称霸上海滩；狼山鸡以烧鸡的名义曾经随长江客轮逆流而上顺流而下名扬四方；至于清远鸡的名声之大，得感谢已经开遍大江南北长城内外的港式茶餐厅，一款木桶清远鸡，无论原木桶装的形式还是有汁的盐焗风味，都让食客认识了粤菜在烧腊和豉油外，还有这一款清新如斯的肉菜。

细嚼慢咽

随着浦东乡村城市化，真正的浦东土鸡已是杳如春梦了无痕，可遇而不可求了，餐馆的白斩鸡都叫工厂养殖的速成鸡代替，食客只知有三黄鸡不知有浦东鸡。而长江大桥一座又一座通车，狼山烧鸡的名声也若十六铺码头的单帮，渐行渐远渐无书了。倒是清远鸡，一直傲立粤菜的特色味一栏，常叫常在，却常有厚道的店家说明：这是清远鸡的做法，但不是真正的清远鸡种。

这次到了清远，该尝到真正清远鸡的味道了吧。

正是年节的时候，清远城里这个鸡村那个鸡店的不是关门休假就是生意清冷，没有要做好生意的那股劲头。正担心吃不上清远鸡，当地接风的朋友将我们拉到他们熟悉的一处鸿福渔村。这是有着三层楼几十个包厢的店，门前广场密密麻麻停满了前来就餐的私车，看来拥趸不少。

按照当地人的习惯，没有客套，没有八冷八热什么的排场，上完茶，洗了碗杯勺筷，便是喝汤，上热菜。想喝酒的，不必等人来敬或者劝，因为根本没有人这么做，桌上有一瓶洋酒，大可以自斟自酌。第一道菜就是白斩清远鸡。不大的瓷盘里，被切成块的鸡摆成一只整鸡的样子。鸡身没有想象中土鸡的金黄色而显得苍白，盘面也少有鲜蔬装饰点缀，但鸡皮油亮，盘底一层浅浅的汤汁溢出一个个浅黄的油脂小圈圈，看着讨喜，让我有尝一尝的欲望。

不用蘸任何调料，这鸡入口就有一股浓浓的鸡味。细品，咸鲜适中，肥瘦相宜，应了当地风物志对清远鸡味道的描述：肉嫩、皮爽、骨香、味鲜。我脱口而出：这鸡吃上去像鸡。在座的有人觉得费解，本来就是鸡嘛，哪里还有像不像一说！怎么说呢，即使现在会去一些很好很有名的店品鲜，但要不蘸任何调料，吃出心目中食材应该有的浓郁本味，还是很难得的。这一只白斩鸡具有地道清远鸡的形态，种形小，光鸡不过一斤多，鸡骨细，油脂层薄，皮脆。不厚的肉包裹鸡骨，上口依然丰润却不腻味。做法是用细盐清焗然后入锅快煮而成，切块摆盘后淋上一点点葱油，据说也是比较典型的清远鸡的做法，保留了鸡的原味。刚要感叹终于吃到正宗的清远鸡了，不料当地的朋友却说，这还不是最最正宗的，只是用了清远原始鸡种在养鸡场养的，"要是自己去乡下揾（粤语，捉意）只返来加工就靓啦！"这也是我愿意几千公里坐飞机来清远的原因之一。于是我非常期待几天后在清远乡村的婚礼。

细嚼慢咽

农家后院的清远鸡

我去清远是参加一个深圳小伙带着他的上海新娘回到祖籍举行的婚礼。在汉族聚居的省份，广东是最坚守地域特色和文化传统的：那里的电视频道除了卫视一律用粤语，酒店服务员张口就是"国发擦"，你重复一遍"菊花茶"她还听不懂。小伙一出生就随公务员父母到了深圳，但是他结婚则必须按照祖制，在清远老家举行一次婚礼，以告慰祖宗香火有继。他的父亲离开乡村三十多年，村上居然还保留其爷爷名下归他父亲所拥有的宅基地和自留田，父亲过世，他得以继承一切，保留了一个真正的老家。在中国其他地方乡村城市化进程中，农村孩子只要上大学就没有了农村身份，自然转化为城市居民。所以，这样的一个完整的老家，就显得分外珍贵。

婚宴就设在新郎家刚刚重建的新楼底层客堂，六七张桌子摆流水席，一村的人都来帮忙，也都在这里吃上三天。席上的菜，除了一两盘海鲜食材是早先去广州采办的，其余皆为就地取材，因此品种不多。但是因为上席的皆为本土有机食材，倒显出一番极为独特的阔绰乡情。

印象最深刻的是顿顿有堆得盆满钵满的盐焗鸡。比起前一天在酒店吃的盐焗清远鸡，这里的盐焗鸡摆盘更加不讲究，鸡翅鸡胸鸡腿斩得大小不一随随便便盛在大海碗里。可能因为是农家柴灶镬里焗的，鸡肉的口感不若酒店制作的嫩滑，但鸡味之纯或只可用深谷幽兰作比，那是一种理念中不带杂质的土鸡的味道，在慢慢咀嚼的时候，鸡肉的香气一点点渗透喉舌，沁人心脾。即使一连吃四顿，也不会说吃厌或吃倒胃口的。

下午休息的时候，帮忙烧灶头的邻居见我们上海来的客人对这鸡的味道赞不绝口，便自豪地说，无论你们在哪里吃的清远鸡，哪怕是在广州和清远市里，都不是我们这里鸡的味道。原因很简单，因为这鸡是孵化场挑的最好的清远鸡种，知道它们上几代的血统。这些血统纯正的清远鸡在刚孵化不久买来，放在新郎家后院围起来的竹林里养着。因为新郎家的人平时全部住在深圳，作为邻居帮忙，他隔天来喂食一次粗粮，其余时间鸡就自己找竹园的虫子吃，下雨打雷，鸡会飞上龙眼树的枝杈找庇护；闲得无聊，鸡也会上树看风景，弄得跟长翅膀的鹰似的。从春天刚孵出的小鸡养到现在，快十个月了才宰来吃，当然味道浓啦！饭店里吃到的鸡最多也就养一百多天，况且未必有那么好的地方供它们溜达，也没有那么好的食喂它们。说着，这位邻居带我们去参观新郎家的后院。

细嚼慢咽

后院很大，有竹园、龙眼林，有一池绿水，甚至还有一个游泳池。一群精气神十足的鸡在林中或蹲或溜达，我禁不住用手机拍下传给也是老饕的朋友，问比起他为了享口福而养在别墅草地上的那些鸡，如何？过了很久回信过来：你所在人家养的鸡实在是漂亮许多，那一头乌金尾巴红颈羽毛的公鸡有多神气，还有那几只雨点般背纹的母鸡，都是可以入画的。朋友的理论是，动物长得好看说明它们吃食好，吃食好才能味道好！如果都是吃颗粒饲料长大的，任什么清什么远的鸡都不会有这么好看，当然也不会有好味道！

这就是养了快一年的一群纯种清远鸡！究其入地理标志食材的学名，应该叫清远麻鸡，因母鸡背羽点缀着无数芝麻样斑点而得名。清远麻鸡属小型优质肉用鸡种，其特征为三黄、二细、一麻（即脚黄、嘴黄、皮黄；头细、骨细；毛色麻黄），素以皮色金黄，肉质嫩滑，皮爽，骨软，鲜香味美，风味独特而驰名粤港澳市场。清远麻鸡饲养历史悠久，据宋朝建炎三年始修撰于明代成书的《清远县志》第十四卷（实业部分）记载："近来交通方便，计小贩收买各乡家禽之鸡远销省垣，每年售价数万元，省垣以清远鸡美，价比别处约高一成。"

清远鸡也借开遍世界各地的粤菜馆而声名远扬。当年美国总统尼克松和日本首相田中角荣访华时，都慕名指定品尝清远鸡。

现在，广东许多地方都有现代化养殖清远鸡基地，以供京、沪、穗和港澳等几大城市的粤菜馆用。这些鸡比起外来品种，味道自然要好许多，但拿来跟这样真正农家有机散养的品种比，就难以望其项背。以前在避风塘点过好几回清远鸡，在众多的白宰鸡中，避风塘的清远鸡已算味道不错了，但是吃过这农家有机散养的正宗的清远鸡，避风塘清远鸡的好就可以忽略不计了。我不是饭桶，饮食比较节制，食量也不算大。但自从尝到了这散养正宗的清远鸡的味道，居然就一直想着下一顿饭什么时候开始。真是不争气得很。

细嚼慢咽

乌鬃鹅与烧肉

中国人的饮食习惯总体上是比较健康的，白肉吃得多，红肉吃得少。三牲作祭的多，吃鸡吃鸭吃鹅吃鱼吃素才是常态。不然，一个民族怎么可能历数千年而不湮反而越来越人丁兴旺呢！但是若说我们今天吃的这鸡鸭鱼鹅跟老祖宗吃的是一模一样的那就大错特错了，原因众所周知，在此略过不表。唯有少数几个品种还略略能够保留一点祖宗时的古早本味。没有受到大骨架大肉头野蛮鸡种侵扰的清远鸡算一种，不过小小的清远，更有一种乌鬃鹅算得上是其中的翘楚。

跟清远鸡一起养在朋友家后院的还有一群乌鬃鹅。这鹅的长相跟清远鸡属于一种格调，体型紧凑，头小、颈细、腿矮，非常漂亮。公鹅体型较大，呈榄核形；母鹅的身形跟清远麻鸡一样呈典型的楔形线条，颈长身量小，背凹尾翘，看上去比大白鹅轻盈内敛多了。乌鬃鹅之所以得名，源于羽毛大部分呈乌棕色，从头顶部到最后颈椎有一条鬃状黑褐色羽毛带。标准的乌鬃鹅除有这标志性的乌鬃，背部两边，一条起自肩部直至尾根的两厘米宽的白色羽毛带,和尾翼间未被覆盖部分呈现白色圈带,也是不可或缺的正宗乌鬃鹅的毛色考量。

这种看上去像大雁又像灰天鹅的家鹅,貌似淡定地徜徉在北江边农家的后院里,事实上在主人心目中,它们实为家禽中的贵族。

跟清远鸡一样,乌鬃鹅也是宋代就已经有饲养了,但其食性娇贵繁殖不旺。帮朋友养鹅的邻居说,乌鬃鹅有一个特点,一吃现在的人工饲料就拉肚子,必须糠谷有机喂养,还一定得在没有污染、有青草、有山泉的地方养,否则乌鬃鹅很容易得病。另外,乌鬃鹅全年产蛋不过二十来只,能孵化成活的最多只有十六只鹅(一般的鹅产五十多枚蛋,孵化成活的有三十多只鹅),这还是买鹅仔的时候养殖场说明书上说的。真接到家里散养,产蛋还没有那么多,孵化几乎不太可能。再加上乌鬃鹅长得慢,一定要一百天以后才"通管"(成熟),而一般的鹅七十到七十五天就成熟了。

由于养殖条件苛刻成本高,以往很少有人愿意大规模养殖纯种乌鬃鹅。以至于上世纪末的时候纯种乌鬃鹅几近绝迹。最近几年经过优选育种,乌鬃鹅养殖数量倍增,但要觅得真正农家散养半年以上的纯种乌鬃鹅,还是非常不容易的。

广东菜中最为广受好评的是深井烧鹅和炭烧肉。很多人望文生义认为大概就是广州黄埔长洲岛的深井村或是香港的深井

细嚼慢咽

村烧鹅味道好,殊不知这深井不只是地名,还是一种制作方法。它是在地上挖一口干井,下堆木炭,井口架铁枝,食材用钩子挂在铁枝上吊在井中烧烤。由于周围是密不透风的泥土,炉温均匀稳定,做出来的烧腊品相和味道都会比较上乘。而许多人更不知道的是,这好的深井烧鹅又必须得用清远乌鬃鹅做才最地道。因为娇生惯养的乌鬃鹅骨细皮薄脂肪少肌肉不厚,用这种鹅腌制后烧烤,皮脆汁多骨香肉滑。若只有深井没有乌鬃鹅,那么用山东人贾思勰《齐民要术》里提到的烧肉法来烧鹅,哪里的鹅不可以出名而非要被误为广东的深井呢?

这次在清远农家参加婚礼,吃到散养半年以上的纯种乌鬃鹅做的深井烧鹅也算一件幸事。有趣的是,跟乌鬃鹅一起被码在大海碗里端上桌的还有深井烧肉。以前从来没有听说过深井烧肉,许多粤菜馆都有脆皮烧肉,但制作时用的都是电炉子。清远城里有一老翁七十多岁,自设一深井制烧肉卖。因为烧肉太好,食客盈门,若非隔天预订并一早六七点钟去排队取货必吃不到,十点前货就出尽。老翁回家休息,并准备第二天的货。

因为要办喜事,朋友家订了两头猪的烧肉,据说是整条猪劈开后吊在深井里烧烤的。猪用的是寻了好几十公里地才觅得的广东特有的农家有机喂养白猪。这种烧肉味道果然好,是我以前从来没有吃到过的,哪怕后来去澳门著名的粤菜馆,那里的烧肉也没有这老翁做的香和鲜。深井烧鹅与烧肉,虽然做法类似，口感味道却各异。烧鹅皮脆汁多肉滑，斩块的时候要防皮破肉散汁水四溅，必得用极快的刀才行。烧肉皮酥肉嫩，如果出炉时间长了，不可简单回热，而是直接用喷火枪炙烤肉皮，这样肉不会老，皮能保持松酥。烧鹅的味道鲜，用点酸甜酱蘸着更好吃。烧肉味道香，却因为肉头厚所以不腻，蘸椒盐或者各种酱料都可以。

在清远三天，几乎顿顿清远鸡、清远深井烧鹅与烧肉，居然没有吃厌。好食材真是美味的硬道理。

细嚼慢咽

云南的半桌酒席

但凡吃过过桥米线的人,多多少少都知道一点有关这款云南风味小吃的故事:

很久很久以前,云南蒙自有个读书人在一个小岛上用功,以图日后获取功名。他的老婆每天从家里走过一座长长的木桥给他送饭。有一天,老婆炖了一只老母鸡想给老公送去,可能因为天天伺候读书人累着了,突然晕了过去。等到清醒过来,已经过了很长时间,她正担心丈夫吃不上热菜热饭,可是一摸汤罐,仍旧烫手,猛然省悟,是汤表面的一层鸡油起到了保温的作用。后来她就干脆把米线和批薄的生鱼片等下到汤里,竟也一烫便熟。此后,她就常常把这种滚烫的覆着鸡油的鸡汤和米线送过桥去,现场烫给老公吃……

我最早是在上世纪九十年代初,于上海大世界后面的云南路上一家门面极小的过桥米线店里,看到这个故事的。后来,上海有许多地方开出云南过桥米线的食店,这个故事也一再被读到。但是对故事的真实性,只有冷笑了。原因很简单:能够天天吃到飘着鸡油的鸡汤（一定是走地草母鸡才可能有这样的成色），里面还要有什么生鱼片、火腿片、鸡肉片的，哪里就需要老公躲到小岛上苦读，还要老婆走那么老远的路亲自去送饭菜。家里一座僻静的小花园、几个用人就全搞定了。倒是另一说法似乎更加靠谱：备好一碗临近沸点的高汤，将生的鸡肉、鱼肉、虾、鱿鱼、猪什件等批薄，放入高汤之中，再将煮熟的米线放入浸泡。这个过程，云南人谓之"过桥"。这还差不多，听云南人说过，"一客过桥米线，可抵半桌筵席"。要是穷到要书生娘子天天亲自围着锅台转，做饭送饭的，不吃糠咽菜、吃了上顿没下顿，就很不错了。天天有半桌酒席？除非是七仙女下凡。即使是七仙女，也是要跟董永一起纺线织布挑水种地才能够养活家人的。

不过我以前在云南路或者其他地方吃到的过桥米线，距离"半桌酒席"还是有相当的距离。去了云南昆明，才真正领略了什么叫"半桌酒席"的排场。约的地方是市中心的一处叫"新世界"的餐馆，一听就联想起上海的大世界。因为不认识路，出酒店就打听。没想到路人皆知，指点远处，"绿房子就是"。进去一问，老板还真是上海人。酒过几巡，最值得期待的压轴大"菜"——过桥米线上场了。

服务生两手各托一个大盘子，盘子里重重叠叠放着十六七个小盘，计有：脊肉、乌鱼片、菊花、玫瑰花、豆腐皮、云腿

细嚼慢咽

片、海参、草芽、鱿鱼卷、蔬菜碟、腰花片等,然后是一大碗米粉。

内行都知道,只要那碗滚烫的高汤不来,无论是前面的十几碟,还是后来的一大碗,都忙不起来。

正在焦急等待之时,服务生一碗一碗(决不能同时操作几碗)地把高汤端到各位面前,一边端,一边嘴里不停地招呼:"别碰碗沿啊,别碰碗沿啊!"原来,这碗得非常非常的烫,系用火炉干烧至发烫后,再注入覆盖着一层鸡油的滚热高汤。两"烫"相加,自然烫不可言了。

汤靓,食材高档、新鲜,所有的东西在烫汤里会合,其味之鲜、香、醇、厚,其色之斑斓缤纷,就像云南天上的云彩,草原上的野花,山上的雾霭,重重叠叠,妖妖娆娆,美丽极了,自然也好吃极了。

后来遇到上海瑞金宾馆的总厨范先生,他的一句话点出了过桥米线之所以味道好的关键。范大厨说,中菜与西菜不同,西菜端到客人面前的时候,都是温度适口不烫的,所以他们不分菜的凉热,只分上菜的前后。中菜分凉热,除冷菜外,绝大多数都是热菜。冷菜只相当于开胃菜,热菜才是大菜。热菜要热,甚至有点烫嘴,食物的口感和味道才能发挥最佳。过桥米线的那碗因漂着鸡油而滚烫无烟的鸡汤,是让所有投入其中的好食材发挥出好味道的关键。

姜的糖

　　姜糖——姜汤——姜的——糖，姜的——汤，这吆喝声听上去像戏曲里的铿锵锣鼓，配合着一个赤裸着上身的男人，将一大块一头钉在廊柱上的白糖团有节奏地用力拉抻，一次比一次拉得长，一次比一次抻得宽，糖团变成银色的瀑布飞流直下，倏忽若绸缎般左右飞舞，在黄昏的古城飞檐下，细雨垂柳的石桥边，太过戏剧化的场景令我的感觉有点穿越。这应该曾经出现在小时候的梦境里，就像子恺漫画《瞻瞻的梦》：第二夜，门口蹲着许多卖好吃的小贩，老也不去……然后好像就是自己，不能确定到底是自己还是在什么文字影像里面读到或看到的，去家门口的小贩那里买一种叫麦芽糖的，五颜六色的，用两支棒棒挑着，舔一下，酸酸甜甜的，将两棒分开，一手一支，这糖就可以被拉抻得很长很长，待要断时，赶紧将两支棒为轴交替绕着，糖丝就被绕到棒棒上，又成了一大团，再舔一下，甜甜酸酸。

　　眼前正在被拉抻的糖也是麦芽糖，只不过底料中放了许多

细嚼慢咽

生姜,被称为姜糖。在冷雨霏霏的时候上到过云遮雾绕的玉龙雪山,在忽雨忽雹的时候放舟拉市海,或骑马走过茶马古道,就能够体会在滇川、滇藏沿线,那些如梦似幻的美景对于那些生活在那里的人,既是恩泽,也是一种挑战。滇藏之间的山地多阴霾瘴气,生姜是最好的祛病养生的食物。按中医理论,生姜具有发汗解表、温肺止咳、解毒的功效,可治外感风寒、胃寒呕吐、风寒咳嗽、腹痛腹泻、中鱼蟹毒等病症。况且生姜也是助阳之品,自古以来中医素有"男子不可百日无姜"的说法。宋代诗人苏轼在《东坡杂记》中记述,杭州钱塘净慈寺八十多岁的老和尚,面色童相,"自言服生姜四十年,故不老云"。甚至传说中白娘子盗仙草救许仙,有一说此仙草就是生姜芽。因此,生姜还有个别名叫"还魂草",而姜汤也叫"还魂汤"。沿茶马古道的那些古城,都设有不少制售姜糖的店铺。用姜制作的食物有很多,姜茶、姜汤、姜饼、姜蜜饯,姜糖是所有与姜有关的食品中最聚人气的,因为姜的味道似乎只有与糖融合才能够将其辛辣的锐气冲淡,让其温暖通融的性格在甜味的烘托下得到发扬。

我眼前所见就是丽江古镇上的张记店制作姜糖的过程。伙计们先将鲜姜洗净,用绞肉机绞碎,加少量水拌匀,挤出姜汁待用;然后按配料将糯米用50℃—60℃温水淘洗四五分钟,捞起摊在簸箕里滤干水分,次日早晨用河砂(用菜油制过的河砂)

炒制，然后用电磨磨成细粉（又称雄粉）；再晾上两三天，待以手捏粉成团，不散垮即可；再熬制糖浆：将红糖、白糖、麦芽糖放入锅内，加适量的水熬化，过滤沉淀，除去杂质，再放入锅内加姜汁和糕粉，温度掌握在 80℃—90℃，边熬边搅拌，使糖与糕粉、姜汁渐渐成浓糊状态时加入优质熟油，继续煮开，加芝麻和香料拌匀。最后将熬好的姜糖糊舀到案台上，冷却后用木棒擀薄，或像拉面一样用力拉抻、开条，将糖切成厚三厘米、宽八厘米的长条形，装盒，即为成品。这样制作出来的姜糖，脆、辣、香，并且糖色比单独用麦芽糖或者红糖做糖基的姜糖更加鲜亮。

吃这种古早味糖果，遥想那些曾经艰难跋涉在古道上的马帮，这姜糖恐怕是他们孤寂的旅途中一点小小的享受和慰藉吧。

细嚼慢咽

香格里拉的牦牛肉

高寒地带的动物与它的温热带同类相比，似乎都多了一件华丽的毛氅。看惯南方泥黑的水牛，再见到香格里拉的牦牛，便觉得分外珍奇。那样庞大的体魄，那样绵长鬈曲的牛毛，在植物都难以茁壮的高原，应该也是比较不容易养殖的吧。再加上从昆明到大理，再到丽江，一路上虽然不乏田园牧歌的景致，但牛羊成群没有看到，牦牛更是景点的点缀，所以对丽江满大街叫卖牦牛肉颇为狐疑，有那么多牦牛吗？哪来的那么多牦牛的肉啊？但凡遇到推销牦牛肉的店家都绕着走，生怕遭遇牦牛李鬼。这几年被假东西吓着了，对媒体不久前披露的用牛肉粉制假牛肉的新闻心有余悸。不过，到了迪庆，这些疑虑统统消亡了。

海拔三千多米的市镇因为旅游业的兴盛而丝毫不见寂寥。从普达措国家公园下到迪庆市，许多的酒店，许多的门店都还没有关门。其中最多的要数卖牦牛肉的店家了。一路上，豪华的藏家民居以及家家户户门前楼下圈养或者散放着的牦牛，让我感觉这里应该是盛产牦牛制品的地方。而那些一家连着一家的牦牛肉店铺，更是以满档满梁悬挂着的经过腌制等待阴干的牦牛腿、牦牛胸，明明白白地告诉你，在这里吃的每一片牦牛肉都是真真正正的。

藏族导游央拉推荐我们去一家叫"金牛宫"的火锅店吃牦牛火锅。见大家有点踟蹰，她没有像其他导游那样说"这里的牦牛吃的是冬虫夏草藏红花，拉的都是六味地黄丸"，她以前是藏医学校的学生，因为没有勇气做到尝病人的排泄物辨病理而半途退学做了导游，但她对藏药还是怀着敬畏。她只弱弱地一句，你们吃过，就知道这里的牦牛肉好吃了。

央拉是个淳朴的姑娘，一路上除了介绍景点没有一句荤话也没有强拉购物，所以尽管同行的朋友有不喜欢火锅的，但还是愿意去试一试。

金牛宫是一幢典型的香格里拉藏式建筑，粗犷的木结构，原木雕花栋梁彩绘门窗。我们要了六百元的小锅，有点担心八九人够不够吃。等到锅子端上来，非常庆幸还好要的是小锅。说是火锅，其实是典型的炭烧暖锅，样子就是传统的京式涮锅，但材质是铝的，规格极大，放在桌上，如果不是店家将煮熟的牦牛肉块将锅子填满并且像小山一样堆积起来直达烟口，就那口大锅的深度，坐在餐椅上应该基本看不到锅里的实物。

牦牛肉真的很好吃，尤其这样原汁原味清汤白煮的。没有

细嚼慢咽

膻味，甚至吃不出渣。肉微咸，据说是腌制过的，所以吃口淡的人不必再用任何调料。如果喜欢咸口，那么店家给每人准备的一碗煮牛肉的原汤加香辛料就是最好的调料，所谓原汤化原食吧。底汤是腌牛肉汤兑了鲜牛肉汤，咸淡适中，涮蔬菜菌菇、下荞麦面，无论汤色还是香味，比得上任何牛肉汤面。就是什么都不放的清汤，拿来过刚刚出炉的苦荞面饼，那香，那纯净美味带来的喜悦，大概只有看到属都湖雨后云缝里露出的阳光才能与之相比了。

原本以为，大个头的牦牛肉质应该比较坚韧。事实上，由于高原气候寒冷，植被薄，牦牛吃草需要边走边吃，处于半野生状态，其肉质反而比黄牛鲜嫩，而香格里拉的空气和水资源纯净，也给牦牛提供了无污染的绿色的生存环境，所以这里的牦牛肉也没有什么膻味，有的只是清香。这一点我们的古人早已经了解到了，《吕氏春秋》中有记载："肉之美者，牦象之肉。"这里的牦象应该不会指大象，而是指牦牛。

以今天物种退化减少的速度，我们还能够品尝到春秋时代的人赞美的牦牛肉的鲜美，真是不幸中的大幸。

生煸牦牛肉

1. 取牦牛牛臀部肉去筋膜，切成粗丝，用少许干淀粉抓芡，芹菜摘叶洗净切成段，蒜苗少许切成段；

2. 净锅烧热加少许油，旺火将芹菜（加少许盐）煸炒，出水后倒入漏勺沥去水分；

3. 锅洗净旺火加植物油烧热，加入干花椒，待花椒香气溢出将花椒捞出，将牛肉下锅迅速煸炒，待牛肉丝水分略收达六七分熟起锅。再入油，待油热入姜末、豆瓣酱、辣椒末或者切碎干辣椒、料酒、白糖、少许盐炒匀后，再放入蒜苗段煸炒，等蒜苗香气溢出，再入煸炒过的牦牛肉和芹菜继续煸炒，蒜苗断生后，立即淋入少许醋，少许香油、红油，快速翻几下装盘，撒上一点花椒末。

细嚼慢咽

泸州的鱼

去酒城泸州玩,问当地美食有什么,答曰除了老窖酒,就数江里的鱼。

巴蜀沿江地区的鱼我是早有所闻。前几年,淮海中路思南路口曾经开过一家专门吃江团的火锅店。所谓江团,其实就是鮰鱼。但是因为选的是生长在四川和贵州交界处的江团,应该就是泸州附近吧,与一般养殖场的鮰鱼比,味道好到仿佛不是同一个品种。原因其实很简单,巴蜀是青藏高原到江汉平原的中间台阶,而泸州是台阶之中最关键的一级。这里是长江与沱江的交汇之地,境内有一千三百多公里长江河道,因为有沱江与其他水流的汇入,水势大增,出境水量平添五百多亿立方米,再加西高东低的二三百米落差,在各个不同的梯度形成缓冲积潭,汇聚了许多水生物,成为鱼儿丰富的食料和养分。活在这段水域里的鱼,不但拥有超级宽敞的空间环境和优质天然的健康食品,还有超大落差的天然运动场,鱼儿顺水而下觅食和逆流而上产卵的时候,顺带着练了肌肉瘦了身增进了新陈代谢,肉质就变得无比鲜嫩，无论炖涮煮炒都没有腥味。

这一次在泸州沱江边的船菜馆吃了一顿鱼宴。这里的看家菜是江团和养殖中华鲟。中华鲟用身段比较小的那种，以剁椒和新鲜花椒粒清蒸，幼润爽口。因为野生长江鮰鱼已经非常少，所以这里的江团用的是乌江鮰鱼，也叫乌江鱼。江团原本少腥，再加上是刚到的新鲜货，活蹦乱跳的，连鱼缸都还没待过，活杀了只以白水汆熟，鲜美异常。另一个招牌菜是用各种川菜或者渝菜烧法的黄辣丁。

黄辣丁为何物？刚到泸州的时候还真弄不清楚。只看到许多店家直接以什么什么黄辣丁为店名。于是就猜想大概是一种菜式的做法吧，就像火锅一样，放入海南黄辣椒之类特殊的调料，或者可能是一种经过加工的地方特色食材，就像川味的牛肉丁、兔肉丁或者萝卜丁什么的。等到真的黄辣丁上来，才恍然大悟，原来是鱼！是上海人常吃的昂刺鱼。这种鱼之所以在四川被叫做黄辣丁可能跟它的颜色、体量和做法相关。昂刺鱼学名黄颡鱼，身上有黄色的斑纹，应了一个黄字，在川渝一带，这种鱼常跟麻辣佐料一起作火锅的锅底，或者用麻辣和椒香的方法油炸和烹煮，也抵得上一个辣字。另外，这种鱼虽然属鲶鱼目，但是日常见到的大多数个头较小，体长十厘米左右，真正符合三寸丁的那个丁。

我吃的黄辣丁有三种做法，半斤左右的大黄辣丁是重庆水

细嚼慢咽

煮鱼的做法，鱼被片成片，在花椒和红辣椒干爆的热油中氽熟，自然香辣无比；二两不到的做成酸菜鱼汤，倒也不错，有点像上海人做的咸菜昂刺鱼汤；一两左右的过油后炖鸡蛋，炖蛋的鱼已经没有什么滋味，但是蛋羹很鲜美。所有这些黄辣丁肉质都算细嫩。相比较而言，似乎最大的做成水煮鱼的和最小用来炖蛋的更加滑润些。店家厨师长出来介绍说，这黄辣丁在中国所有主要江河水系都有，味道好坏就在野生还是养殖。野生黄辣丁味更鲜，肉更细、肌更密。炖蛋的小黄辣丁是附近小溪流里野生的，肉紧一些，鲜一点；水煮的大黄辣丁是长江里的，肥一些；烧酸菜鱼的黄辣丁则来自养殖场，要靠酸菜提鲜。故而味道还是有所不同。不过因为黄辣丁刺少肉多，再加上无鳞，腥味少，喜欢吃这种鱼的人还是很多。重庆风行重味火锅，体量小刺少肉厚的黄辣丁是最适合入火锅的鱼种。若做锅底，选野生的更提鲜，若用来涮嘛，无论野生还是养殖，有调料助味都不错，只是体量要讲究，最好都挑小的，一条一次涮熟，一人吃尽，干净利落，不坏了汤底。

黄辣丁的三种做法

1. 水煮黄辣丁：选半斤左右的大黄辣丁，将鱼洗净片成片，在花椒和红辣椒干爆的热油中汆熟，香辣无比。

2. 酸菜黄辣丁：选二两不到的黄辣丁洗净，在冷锅中倒入大豆油，待油锅微热，放一勺干花椒和几枚红辣椒、两瓣蒜头入油锅煎，待香味出，将花椒、辣椒和蒜头捞出，然后炒酸菜半分钟，将酸菜拨到锅边，入黄辣丁过油双面煎，然后放水，将酸菜鱼煮开，至熟，尝汤水咸淡和鲜度决定是否加盐和鸡精。最后撒一把香葱、加一勺熟猪油，味道更佳。

3. 黄辣丁炖蛋：选一两左右甚至更小的黄辣丁四五条洗净，过油后平放入浅口汤碗里，加放了盐、料酒、和水搅和的三个鸡蛋量的蛋液，再撒上葱碎，加盖，上水烧开的蒸笼或炖锅里蒸或炖大概15分钟。出锅后可撒一些胡椒粉。

太仓刀鱼宴

看到过一句情爱表白：我是看着你还想你！当时觉得甚好。能与这一种灵肉欲望相媲美的，唯有舌尖上的乡愁。明明身在江南，还时时思念着江南风物。细雨绵绵的时候，跟沪上美食作家嘉禄老师、明珠姐姐几人驱车去太仓，为的就是跳动于舌尖上的最敏感的一抹江南春意。

太仓虽属江苏省苏州地区管辖，但论与上海的地缘关系，似乎不比与苏州的关系疏离。太仓古时就属吴地，以后较长时间，太仓属苏州府，曾辖如今成为上海地区的嘉定、宝山、崇明。直到1958年，嘉定、宝山、崇明才与江苏分离划归上海。若将以前的上海分成两部分，那么上海的大部分地区和南部地区属松江府，方言属松江语言大区，而上海北部的嘉定和宝山则属苏州府，方言属太仓语言大区。所以，有一部分上海人是文化意义上的太仓人。太仓人的生活习惯、文化认同和饮食趣味，自然也是与上海人有许多相通之处。清明前后吃刀鱼就是其中的一例。农谚有"春潮迷雾出刀鱼"，刀鱼是春季最早的时鲜鱼，吃刀鱼就意味着新的一年春天实实在在地来了。

刀鱼和长江鮰鱼、鲥鱼以及河豚鱼并称为长江四鲜。每当春天来临，这些洄游鱼类会纷纷洄游产卵，处在距离长江口不远的太仓，便成为捕捉和品尝这些江鲜的好去处。

菜单是苏州烹饪界的大师华永根先生拟定的，一点不花哨。前菜冷碟就凸显地方特色，比如特制奥灶鸭、香酥鳑鲏鱼。热菜都与时令相关，以太仓跨越江河海的鱼鲜为主：蛤蜊酱油虾，是将小海鲜蛤蜊与河虾放一起做的，味道奇鲜，酱色清。大黄鱼百叶包，是将黄鱼去骨做成肉糜，再与荠菜混合成馅包在百叶包里，清炖而成。出盘的时候，大黄鱼头尾呼应，中间的身段是百叶包堆成，口味清鲜，色泽淡雅。酱椒蒸鮰鱼，用的是青剁椒酱为调料，与肥肥的鮰鱼一起蒸，青剁椒的鲜辣配衬极为新鲜弹牙的鮰鱼，入味深刻，口感奇绝。红烧河豚鱼似乎没有太大的创意，尽管浓油赤酱咸甜鲜浓，但跟其他有一定水准的酒店出品的也相差不多。但是，在河豚鱼上桌的时候，最先看到的那一排放在河豚鱼上面的鱼的肝脏和鱼白令人肃然起敬。河豚鱼的毒俱在鱼的肝脏里，敢这样做，表明了厨师处理河豚鱼的高超水平。清明前的刀鱼依然是昂贵的，用的是清蒸。鱼身那么幼小薄嫩，鱼刺又那么细那么多。要想尽可能多地吃到刀鱼肉，不因为蒸的时间不到位鱼肉下不来，或者蒸过头，鱼肉熟烂软散掉，又要在极细的鱼肉吃到嘴里保留清淡鲜味，蒸多长时间、放多少盐都是巧槛。这半条小刀鱼，还真吃出了一个刚刚好的感觉，仿佛理想的春天的云淡风轻和如烟的花红柳绿。配菜有春笋咸鹅腌笃鲜、芦蒿炒香干和金黄的草头饼。

这份菜单没有用那些意象词抒写，所以读到的就是看到的也是吃到的。朴实无华，名实相符的菜单原也该是一份好的菜单了。但是，细想，这又岂止一个好字可以概括。从前我觉得所有做得美食的人不一定是诗人，但热爱美食的诗人，一定是个好诗人。在这份菜单的字里行间，我分明能够读到苏轼那些描写江南春季美食的诗句。这里既有"长江绕郭知鱼美，好竹连山觉笋香"（《初到黄州》）的鱼之美和笋之香；也有"竹外桃花三两枝，春江水暖鸭先知。蒌蒿满地芦芽短，正是河豚欲上时"（《惠崇〈春江晓景〉》）的竹笋、肥鸭、芦蒿、河豚；即使"纤手搓来玉色匀，碧油煎出嫩黄深"（题老妇人做环饼之寒具）中的环饼（草头饼）也是不缺。能写出这份菜单，心中有何等的诗意。

大师菜单

太仓刀鱼宴

冷菜

精美十味冷碟

热菜

蛤蜊酱油虾　大黄鱼百叶包　酱椒蒸鲴鱼　红烧河豚　带鱼拼鲳鱼　清蒸长江刀鱼　红酒雪花牛肉　春笋鲯鱼饼　砂锅走地鸡　芦笋炒香干　香椿脆皮银鱼　酱椒杏鲍菇　咸鹅腌笃鲜

点心

刀鱼馄饨　草头饼　应时水果

细嚼慢咽

四鳃鲈的替身

"清词不逊江东名,怆楚归隐言难明。思乡忽从秋风起,白蚬莼菜脍鲈羹。"这是宋代欧阳修的诗句。他慨叹西晋名士张翰遵从内心召唤,毅然辞官归隐乡里。短短四行,道尽"莼鲈之思"这则典故的叙事内涵,也留给后人无尽的遐想。张翰之乡为今天的苏州吴江,他所思风物是吴地特有的莼菜脍鲈鱼羹。在异地为官的某个萧瑟之秋,张翰忽然思念起江南繁花开尽的春末美味俏物——白蚬、莼菜还有吴地特有松江四鳃鲈。这几样风物因张翰的归隐而成为古代知识分子的心灵故乡,历代许多著名诗人,像崔颢、李白、白居易、苏轼等,无论是否生在江南,是否真的品尝过莼菜脍鲈羹,却都曾经吟诵过莼鲈之思。如今,这则典故已经沉淀成一道道意境深远的吴江名菜。最近踏青吴江时,在吴江宾馆和东太湖大酒店,就品尝到了江南的"莼鲈之思"。

遗憾的是,风物流转上千年,莼菜依然是当年莼菜的流滑,鲈脍却不是当年的鲈脍,而是用形貌和科目相近的沙塘鳢代替了。因为野生的松江四鳃鲈已经绝迹，市场所见都是苏北、山东甚至河南等地人工培育出来的。这些四鳃鲈养在箱体里，游动空间小，生长时间短，人工饲料充足，肉质的细腻、味道的鲜美程度，与野生四鳃鲈根本不能比，连体量都比野生的要大一指节，略略显得有点蠢。倒是生在江南的小溪、河、湖近岸的石头、泥沙、水草缝隙里的野生沙塘鳢鱼，可堪作松江四鳃鲈的替身。

沙塘鳢鱼也叫塘鳢鱼，江苏以及上海一带，也有人把它叫作土步鱼和土狗的。被叫得这样拙，是因为这种鱼长相猥琐，才五厘米左右的身量，却拥有占身量近五分之二的扁阔脑袋以及滚圆的肚子，眼睛小而突出，有两个像蒲扇一样张开的背鳍，浑身披着泥土的褐色。长得这样难看，又不具备一条真正的鱼的本领，游泳都游不好，成天在极浅的水底沙泥上扭来扭去，性子还相当凶猛具有攻击性，感觉就像鱼中的小混混，自然得不到高大上的待遇。记得小时候，家里在买不到好鱼（诸如花鲢、河鲫、白水鱼）的时候，常常会去买昂刺鱼做咸菜汤，这也算是一种变相的腌笃鲜吧，用腌菜来吊新鲜昂刺鱼的鲜味，也去掉昂刺鱼的土腥味，获得鲜爽的口感。在连昂刺鱼也买不到的时候，才会想到买塘鳢鱼，做法自然也是咸菜塘鳢鱼。这总是跟代表贫贱的咸菜搭在一起做成的鱼菜，由于鱼和腌菜的色相都不好看，土不拉几、灰不溜秋，味道再好，待客也是上

细嚼慢咽

不了台面的。

  现如今，沙塘鳢鱼由于大都是野生的，数量相对稀少，时常会被当作春末夏初的时令绿色生态食物搬上宴饮饭桌，身价也陡然升高了。在四月初，沙塘鳢鱼刚上市的时候，一斤塘鳢可卖到几百元的价格。自被当作松江四鳃鲈的替身后，塘鳢鱼的待遇就更不一样了，它们被技艺高强的厨师精细加工调制，一步登天，完成蜕变，成为江南，特别是吴地的春末，承接早春刀鱼之后空位的又一道名菜。

吴江宾馆菜单

莼鲈之思
冷菜
精美冷餐碟
热菜
油爆太湖虾　糖醋排骨　火腿烩鹅掌　糟溜鱼脯　莼鲈之思　蚬子炖蛋　清朝蚕豆　红烧大鲃鱼　糟煎白水鱼
主食
豌豆咸肉饭　特色醴酪　美点双辉
时令生果盘

塘鳢鱼的转身

那做了松江四鳃鲈的替身的塘鳢鱼究竟怎么处理了？是直接穿了四鳃鲈的马甲了？还是只站了台，依然做自己的塘鲤鱼呢？江湖有规矩，英雄莫问出处。不管何门何派，拳脚好不好看，只要有真功夫，便可笑傲江湖。鱼的世界也是一样的，无论是大湖里潜的还是清溪里游的，抑或像塘鳢鱼这样，只在河湖边的小泥潭里扭动的，只要能出好味道，就应成为席上的角儿，被其他好菜烘托着。

在吴江的两次与塘鳢鱼的邂逅，也算真正见识了此鱼如今的不凡地位。

在吴江宾馆，塘鳢鱼算是穿了其他鱼的"马甲"出场的。看菜单，不见塘鳢鱼，唯有"莼鲈之思"，排在冷菜、火腿烩鹅掌、油爆太湖虾和糟溜鱼脯之后，又在红烧大鲃鱼、草头河豚鱼、香煎白水鱼和蚬子炖水蛋之前。这个位置，真是非常尊贵。吃饭不像戏迷听戏，可以入定，可以沉迷，肠胃是有限的，如果吃饱了，压轴的菜再好也无人问津。若放在开局呢，急着填

细嚼慢咽

饱肚子的人狼吞虎咽的,也是品不出食物好坏的。由清淡和顺又有特点的菜开道,肠胃有底,美酒方醒,这个时候,披着四鳃鲈"马甲"被换作"莼鲈之思"的塘鳢鱼登场了——出乎意料的惊艳——外貌灰不溜秋丑到无人缘的塘鳢鱼,在烹饪师的调理下,早已看不到那外表的黑,一定用了许多的塘鳢鱼啊,去了鱼皮、鱼头和鱼刺,制成白里透着新鲜粉红色的生鱼糜面,卧在一面冰盘里。等到单人用酒精瓷温盅上桌,鱼糜分别舀到每个人的瓷盅里,再覆以刚刚露尖的莼菜,然后用滚烫的高汤冲下去……未几,一盅鲜美、纯净的莼菜塘鳢鱼就成了。因为野生的四鳃鲈已经难以找寻,太湖水域野生的塘鳢鱼形味与四鳃鲈相近,便权当四鳃鲈的替身,以表思古之幽情了。搭配这莼鲈之思的,是先前被弃用的塘鳢鱼的头尾和身骨,它们已被加工成香酥鱼骨,卧在盛放莼菜鱼糜羹瓷盅的白色底盘的另一端,骨肉分离,相映成趣,别有一番滋味。这道菜味美却味不厚,不阻着后面好菜的胃口。所以接下来的几道红烧大鱼菜出场,更是衬得"莼鲈之思"清新淡雅,犹若菜中的大家闺秀。这真是塘鳢鱼的一次华丽转身。

在东太湖大酒店的鱼宴上,塘鳢鱼则又是另一种霸气侧漏的低调。鱼宴的鱼品种真多,鳜鱼、白水鱼、银鱼、鲫鱼、鲤鱼、青鱼、花鲈鱼、鳊鱼……因为是吴江烹饪文化专家蒋洪先生设计的菜单,每一种鱼,每一道鱼菜,都用了最有内涵的方式烹饪,用了最符合时令的菜蔬搭配。比如,花鲈脸用四月最嫩的新鲜蚕豆瓣和雪菜做汤,鳜鱼肉片用刚长成的茭白、新火腿和芹菜心做三丝鱼卷,白水鱼不清蒸,也不红烧,而是做了鱼圆,用鲜莼菜来烩。即使最最普通的大青鱼,用它最最应该丢弃的鳞,煮好几个小时,再用各种方法去腥,在不加任何人工凝固剂的情况下,只因鱼鳞本身含有很高的胶原蛋白,经过长时间煮化冷却,自然凝结成一道透明思考[①]般琉璃质感的鱼鳞冻。整桌菜的构思,大有要让每一道菜都能诉说苏州菜的雅致,雅致到极点,精细,精细到不浪费任何食材的意思。然而没有冲突,又如何能够表现出跌宕起伏的戏剧性?好了,繁华似锦般的菜一个个走过场,塘鳢鱼来了,却没人注意到它——没有去掉土里土气的黑,也没有高大上的华丽制作,就这么整条塘鳢鱼做了不起眼的熏鱼当作冷菜。这低调,低调到酒过三巡,热菜近尾,才忽然有人想起菜单上有塘鳢鱼,追着问,塘鲤鱼在哪里?有人答:早吃光了,第一个光盘的就是塘鳢鱼。Duang~!灰不溜秋的塘鳢鱼变身江湖老大,为江南隐逸文化作了最好的诠释。

---

① 注:透明思考是台湾籍影星杨惠珊琉璃工房的名称。

细嚼慢咽

东太湖大酒店菜单

太湖鱼宴

前菜

花色拼盘　开胃水果　六味手碟

冷菜

姑苏四鱼（鲤鱼干、熏蒸塘鳢、鱼鳞冻等）碟　江南四时蔬

热菜

雪菜豆瓣汤（花鲈脸豆瓣肉）　鱼粒石榴包　三丝鳜鱼卷　鲜莼烩（白水）鱼圆　老烧鱼四宝（青鱼肝、肠等）　松脆青鱼排　烧炖大鳊鱼　双味时蔬拼

点心

鱼露（鱼高汤　河虾仁）烧麦　高丽香果

主食

鱼汤（手工）挂面

甜品

姑苏冰糖羹

香青菜

春节过后,一直阴霾的天气,连带着新年的喜悦也被遮住了似的,厨房里端进端出的都是回热的冷冻年菜,即便是菜蔬,也是附近小超市买的透明薄膜包裹起来的菜:几只放在冰箱一周也不会烂的柿子椒,一棵可以吃上好几顿的大白菜,一小堆晒了一个月的芋艿,再加上一些干的菌菇、木耳,一切都用了保鲜手段,却又都不新鲜,日子好像进入了冷藏模式。直到有一天,朋友送来一大袋滴着雨水的香青菜。

我觊觎这香青菜已经多时。两年前的秋天,我去江苏吴江玩,临走的时候,当地的朋友说,你来的时间不对,如果是春天来,那么就可以吃到这里最好吃的香青菜了。当时心里想,吴江在太湖之滨,好东西不少,没吃上青菜却不至于这么遗憾吧。后来了解到,太湖香青菜确实与一般的青菜不同,据说清香气特别浓。而且,这种香青菜主要分布在东太湖以小粉土为主要种植土壤的地区,在国内具有唯一性,产量极少,已申请了农产品地理标志。于是就开始惦记香青菜起来。

如今，这刚入时的香青菜就湿漉漉地放在眼前。

香青菜菜梗洁白，叶子绿得浅，看上去一定是塌地生长的，叶片呈扇状，有点像塌棵菜，起皱的页面和波浪形的叶缘又有点像杭白菜。香青菜长到最成熟期，一株可达四百克重。眼下还是初春，菜的株状小，只要剪了根散了叶，不必切细就可烹饪。清洗的时候先将小小的香青菜头用快剪剪了，然后用自来水流水一片片小心清洗。如果重手重脚大把抓洗，由于香青菜水分含量足，含纤维少，叶柄很容易折断，炒出的菜品相就会不好看了。清洗后不要急于烹饪，要留点时间沥掉水分，不然炒的时候会因水分太多而减了风味。

如此新鲜的时蔬用极简法烹饪最合适，体现自然本色。热油旺火快炒，只放两种调味，油和一点细盐。如果家烧为了少油烟，用热锅冷油加盖的快焖法也行，等菜断生，熄火后加盐。出锅后的香青菜，依然油亮碧绿，吃口比塌棵菜幼嫩，比杭白菜厚糯。配的蒸腊肉、海蛎干烧豆腐依然是年菜的气息，西红柿炒鸡蛋也很寻常，但因为有了这一碗香青菜，端起白米饭的时候，分明感受到了一桌春天的馨香。

香青菜炒震泽油豆腐

1. 取太湖流域香青菜，苏州震泽油豆腐；
2. 青菜洗净，切一指长短，油豆腐焯水洗净，将里面的面筋大部分去除，挤干水分切一指宽的条；
3. 起油锅，放入少量植物油。待油温升高，喜欢微麻轻辣的，可入一调羹花椒，等到有花椒香气即将花椒捞出，然后入去籽的干红椒。干红椒最好切细段。如果喜欢清淡，就什么都不用加；
4. 干红椒入油锅后，马上入油豆腐，翻炒几下，入一点点上好的生抽，要看不出酱色，盖锅盖焖一分钟，盛起；
5. 重起油锅，待油烧热入香青菜旺火快速翻炒，等青菜水分略逼出，入油豆腐；
6. 等青菜断生，撒上一把香葱，关火。加盐，加一点点糖（以吃不出甜为准），翻炒几下即可。

做这道菜的关键除了食材的地域讲究，油豆腐需要焯水并挖去里面的面筋，还需要加几滴生抽水煮或者油焖半分到一分钟。这样可以把油豆腐的鲜味吊出来，鸡精或者味精就可以免去了。

细嚼慢咽

美味大头菜

去吴江玩,除了尝一尝"太湖三白"——白水鱼、白米虾、银鱼,吃一吃太湖大闸蟹(据说吴江七都港附近的太湖是江南大部分著名水域大闸蟹的幼儿园,蟹苗都来自那里),临走带上几棵农家腌制的香大头菜。

大头菜是十字花科植物芜菁的块根,属于芥菜的一个变种,为根用芥菜,跟萝卜一样,在中国被广泛种植,也是中国式餐饮中专门用来下泡饭和粥的酱菜原料。但是大头菜与萝卜又有很大不同。萝卜的形状多样,长的、圆的、大的、小的、粗的、细的。色彩也艳丽,白的、红的、青的、半红半白、半白半青、半青半红、白皮白肉、青皮白肉、红皮白肉、青皮红肉,什么都有,口感脆水分多,所以可以入大菜,也可以给诸多荤腥佐味。即使不入菜,还可以雕成水灵灵的萝卜花做大菜的围边和点缀。大头菜就不一样了,它长得像萝卜却不如萝卜多姿多彩,其中好看的南方大头菜最多也就若扁圆的青萝卜,一些北方长的大头菜,因水分少淀粉多,去除叶后更像灰不溜秋的芋头。

另外，大头菜的口感也远逊于萝卜，它有萝卜的芥辣味，但没有萝卜的水嫩口感，水分少纤维老。从前上海人骂人，总以大头菜比，意思就是丑陋蠢笨到极点。食物有贵贱之分，不仅因其稀缺与否、得之难易、加工繁简以及价格高下，还在于外形的光鲜与猥琐、口感的细腻与粗糙、味道的鲜明与平庸。以这些标准来考量，大头菜似乎算得上至贱无比。

但是，贱，不是妨碍大头菜成为美味佳肴的借口。相反，按照中国人的生存法则，穷则思变，置之死地而后生，大头菜至贱无敌，反倒生出别具一格的味觉追求，成为酱菜中的东方不败。只要看看中国各地腌制大头菜的创意就知道它的威猛了。四川麻辣大头菜、云南玫瑰大头菜、北京桂花大头菜、襄樊五香大头菜、上海芝香大头菜、扬州什锦酱菜丝（大部分用的也是大头菜），不一而足。所有这些大头菜品种，从前在上海的酱菜店里都能够买得到，而且，像芝香大头菜、玫瑰大头菜这样腌制工艺复杂的，价格远在萝卜干之上，甚至达到酱菜中的顶端。我记得上世纪七十年代的时候，最贵的散装酱菜是极品乳瓜，而极品玫瑰大头菜的价格与之比肩。

吴江七都的香大头菜是江苏太湖一带农家用传统土法腌制的。这种香大头菜与所有酱菜店出售的大头菜不同，色泽淡，保留了大头菜的基本原型，经过腌制，又去掉了大头菜的芥辣，口感脆，味道干香。记得小时候，到了炎夏时节，我母亲有时

细嚼慢咽

会用这种香大头菜炒毛豆肉丝作开胃菜肴,甚是美味。不过这种香大头菜可遇不可求,一般酱菜店是买不到的,唯有碰巧遇上肩挑筐箩走街串巷卖自家腌制大头菜的农民才可得到。物流现代化,农村城镇化,不知什么时候起,上海见不到提篮小卖的农民,香大头菜自然也几乎绝迹了。吴江七都的大头菜勾起我重温儿时味觉的欲望。

我将剖成连片的大头菜撕下两大片,用冷开水洗净,每片批成薄薄的三片,然后切成细丝。再将二两瘦猪腿肉也切成细丝上浆,去头尾的绿豆芽四两稍稍氽烫,滗去多余的水分。韭菜几根切成段再竖向切成细丝,然后起油锅,将肉丝煸炒至三分熟,入大头菜丝和一把切细的韭菜段,香味爆出,再入烫好的豆芽快炒一两分钟,熄火,入一点点鸡精和色泽极淡的生抽,只是一点点,因为大头菜本身是咸的,放小半勺糖。一盘清淡鲜香的豆芽、大头菜炒肉丝就成了。味道极好!

东关毛笋

在朋友圈上图,问:大?立马就有人回应:大!撕下外壳,再发一张图:白不白?好几颗红心表赞意。切开,剁块,堆得盆满钵满的,问:嫩不嫩?有人反问:那玉兰指尖哪儿去了?解释道:是毛笋而不是竹笋,纤纤玉指般的笋尖是别指望了。但……"但是"后面的话尚未发送,便有一声叹息回复:只是毛笋啊!哈哈,几乎可以感受到围观者作鸟兽散的动静。这一切印证了我的感觉:上海人是真不喜欢吃毛笋。这一点我从小就知道。

那时有两部风马牛不相及的纪录片《毛笋》和《对虾》,总是连在一起在大光明、国泰等一线影院被反复播放,许多人还特别喜欢《毛笋》里讲到毛笋雨后出土时轻快活泼的背景音乐。但上海人不喜欢毛笋也是不争的事实。比如,菜市场毛笋的价格就比竹笋贱很多,大概只有三十分之一。我家的餐桌上也从来没有出现过毛笋。掌管一家吃喝的母亲道出的理由很简单,毛笋为发物,会诱发过敏;毛笋肉质纤维粗,伤脾胃,食之不化,易诱发消化道疾病;毛笋吃口差,有一种特殊的涩味会让人感觉到口舌痒兮兮，仿佛无数的小毛钩在拉喉咙。唯一一次吃毛笋的体验结果也很糟糕。大概上小学时，体育课后正好特别饿，学校食堂供应毛笋烧肉。可能毛笋太便宜了，那天食堂师傅给的笋特别多，满满一大碗，除两三片肉，其余都是毛笋块。由于笋比较鲜，再加上饿了，一口气将碗里看上去笋节紧密的嫩头全吃了，还没有饱感，又将其余有点老的笋块嚼嚼也咽下去了。结果一小时内状况频出，先是口舌痒，嘴唇四周出现红肿，过后胃里翻江倒海，有一种要吐的感觉。这样的不适三四天才过去。

食物习惯是经验决定一切。当朋友推荐我尝尝她夫婿老家上虞东关的毛笋时，童年的记忆让我的反应也与微信朋友圈的一式一样：不过是毛笋，能有多好呢？朋友的夫婿是极热心的一个人。他先遣人送来一支，附言："不管以前吃过的是什么样，先尝了再说好不好。"

剥毛笋壳的环节是欢乐的。因为想起了童年。当时有个小伙伴的哥哥，将一片大笋壳尖头朝上，挖出眼睛鼻孔和嘴的空洞，套在脸上当面具，再手举一柄描着红绿云纹的小木斧子，穿着他爸爸的皮氅，大吼着在弄堂里横冲直撞吓人。切笋的时候有点惊讶，笋是那样嫩，那样脆，边切边有很多的汁水溅出，像切水果一样。

按照规矩，做笋菜前应该先将笋在沸水里焯一下去掉一些鞣酸，但由于这笋特别鲜嫩多汁，怕焯水有损口感，便直接入油锅煸炒，待有香味后，再加入油煸过的最新霉干菜、浸泡后的四五朵干松茸、一点点豉油、小半勺可以去掉苦涩味的糖，煮十五分钟，起锅前撒上一点点葱碎。

这应该算原汁原味的做法，因为没有加太多的调料，更没有加荤腥助味。笋之鲜嫩脆爽、新制霉干菜的清香、松茸的厚朴陈香合在一起，做成一道世俗形态的素腌笃鲜，不涩、不拉喉咙，至极美味，居然感受到一丝丝出世的高华气。

浮躁时代的好东西是很少的，天时地利人和诸因素一样都少不了。这样的毛笋只上虞东关有，且还必须是没有贪欲的人，才会选择在早春时节，笋的大部分未出土时挖出，挖出后即刻上市。而不是等笋出土变更大个才挖，挖出后浸在河水里增重，上市前再裹上泥浆充新鲜。

毛笋

浙江东关的毛笋最好，尤其是刚刚冒出尖头的。毛笋越新鲜越好，最好一早挖出，当天就吃。烹饪毛笋最好先将毛笋焯水，以去掉一些鞣酸。

细嚼慢咽

崇明的农庄菜与水仙米

与几位朋友到崇明赏秋，在一座小农庄吃饭。芋艿是田边小水沟里新起的，煮熟后用碧绿的小葱油爆，很香，很糯。甲鱼是养在有机稻田周边的水渠里吃小虫小草长大的，浓油赤酱红烧了再与腊肉一起上笼蒸，入味无腥的口感，让从来不吃甲鱼的人初尝后喜出望外。金黄色的草鸡蛋炒得香到扑鼻，跟甲鱼做伴一起养大的螺蛳轻麻微辣，吮来肥嫩而汤汁饱满。红烧肉让我吃出小时候吃的猪肉的香，不施化肥的空心菜用当地农家作坊压榨的菜籽油炒，色绿至浓，梗嫩至糯，菜香四溢。就着这样有着深厚泥土气息的菜，最想要的不是酒，而是一碗白米饭。崇明有好吃的米饭吗？一直觉得崇明地处长江口，有海水侵袭，土质偏盐碱，跟上海其他地方比，除少数得天独厚的副食品比如河豚鱼外，大多数的农作物味道会差一些。农庄经理笑吟吟打招呼：就等你们这个要求！这里的米饭不是大农场现代化种植的，所以吃起来非常香。米饭上桌，却真有点叫人失望。米粒不够白，口感偏硬，在粳米和籼米之间，最要命的是没有期待中的香气。

"这就是崇明大米呀。没有经过化肥农药助长就应该是这样朴质的味道。"看来农庄经理善于营销却不谙于农事，她不知道以前同样不用农药化肥时，上海的大米有多么好吃。

青浦的青粳米几近失传就不去说了，就尚存的南汇、松江、嘉定种植的单季稻大米，煮出的米饭无论口感、形状、色泽，绝对赶得上任何一种市场上最昂贵的大米。眼下这碗大米饭只能算差强人意。

第二天兴之所至，想到崇明水仙花基地看水仙。可是到了那里，才知道不是水仙的生长期，看不到一株水仙。大片暖棚里除了翻耕好的培土，就是通透的阳光。在没有暖棚的田亩中，有大片收割后的根茬被烧荒后正在准备翻耕。这是要种冬天观赏的水仙花吗？我根据自己养水仙的经验推测。哪里！基地主人施先生解释说，水仙花球是在土里培育的，秋天种下去，春天里收获。到了冬天，只要将花球养在水里即会长出水仙花。在上一季水仙花球收获和下一年水仙花球培育的空档期，我们不想浪费资源就种水稻。这是今年的水稻收割后留下的根茬，翻耕后就准备种水仙球了。

以前曾经读到一本关于上海农事的小册子，里面说到上海种粮地区的休耕轮作，好像是一年种棉花，一年种水稻，棉粮作物和土地之间，会自行获得地力上的互利互补，收成也会高些。种水仙的地再种水稻，会不会同类叠加损耗地力呢？施先生说，最初他们只是尝试，结果却有意想不到的收获。因为崇明岛是长江的冲积岛，在海水倒灌不到的地方，地力肥沃，作物能够获得充分的营养。水仙花是爱干净的，所以种水仙不能够用农药。那么，轮作水稻时，也不能用农药，否则会伤害到下一季的水仙培植。我们只好选品质纯正的种子种下去，可能因为无污染，结果倒获得口感纯净的水仙米。大概怕我们不信，他让我们尝尝刚收获的水仙大米。

这些大米外观呈半透明，色泽清白，精纹粒少，米粒比一般大米长，口感绵软，略粘，饭粒洁白，表面有油光。刚起锅的热米饭喷香喷香的，很有诱惑力。同行的朋友说，这样的饭白饭也能吃下两碗。待微凉，米粒没有很快变硬，反而中和了些微的粘性，口感变得更好。看来，这被叫做水仙米的大米果真得到了水仙的某种精魂。倘若用这样的米饭，去伴上一日的农庄菜，该有多么享受。崇明岛，是因于喧嚣都市的上海人存留不多的自然恩赐，一桥飞架通往那里，应是让我们更好看顾它。

崇明特产
老白酒（家酿米酒）、金瓜、山羊肉（无腥无膻）、甜芦粟、崇明蒸糕、崇明水仙、水仙大米、长江口河豚鱼、崇明大闸蟹

喀什的蜜杏

这来自喀什噶尔的鲜杏盒子上标着蜜杏，顾名思义应该比较甜，像新疆的甜瓜一样，因为糖分足，常常被叫做蜜瓜。打开盒子，一个个大小差不多的鲜杏分别套着泡沫网被嵌放在定型的透明盒里。取出一个细看，皮色光亮金黄，如打了蜡一样，几乎看不到这种蔷薇科李亚科植物果子都应该具有的绒毛，在缝合线处略有红晕，估计是向阳部位让太阳给晒的。这样漂亮的果子不忍心用果蔬净强力漂洗，只用纯净水冲一下就吃，果然香甜，香气若桃，甜味若瓜，当得一个蜜字。

我对梅子、李子和杏子这几样分不太清。以往对杏的认识，仅局限于蜜饯中那味道不甚有特点的杏脯、杏干。当然也知道杏仁是个好东西，喜欢吃杏仁茶、杏仁豆腐，单纯的椒盐烤杏仁也觉得香，但那跟鲜杏本身都关联不起来。后来吃到鲜梅子，味道颇酸涩，想起曾经在哪部小说中读到过，杏花虽美，但结出的果子酸涩，又加上吃过的蜜饯中有杏梅一项，貌似杏脯，便一直以为杏跟梅子是同一种东西。如果不是朋友千里迢迢送来新疆的鲜杏,也许此生都不会知道杏子原来是可以如此甘甜的。

杏的学名"Prunus armeniaca",道出西方人对杏的认识源于亚美尼亚。其实杏在我国至少已有两三千年的栽培历史。公元前数百年出的《管子》就有关于杏的记载。由于杏树耐寒力较强,可耐-30℃或更低的温度;也耐高温,如新疆喀什等地夏季最高气温43.4℃,杏树仍能正常生长结果且品质绝佳。但杏不耐水涝,地面积水三天就会烂根树死。所以杏树多见于雨水相对少的中国北方和西北地区,与中国西北地区气候相近的中亚国家也有大量种植,而多雨湿润的东南沿海地区则不利于杏树的生长,难怪如我等也就杏梅不分了。

古人有上百首轻愁淡喜唱酬杏花的诗,温庭筠的"红花初绽雪花繁,重叠高低满小园",王安石的"纵被春风吹作雪,绝胜南陌碾成尘",元好问的"杏花墙外一枝横,半面宫妆出晓晴",刻画出了杏花的姿态婉约、肌骨轻飏。这么美的花结出的果实,营养价值也很高。

杏含有丰富的单不饱和脂肪酸,有益于心脏健康;含有维生素E、胡萝卜素、抗坏血酸及苦杏仁甙,能抗氧化,预防疾病和早衰。杏的鲜果肉除了作水果生吃外,还可以烤来吃,酸甜可口,可以制成果酱,用来涂面包,可以做成甜杏冰淇淋,风味独特。但是,就我现在拥有的喀什蜜杏,我舍不得将它们捣烂成泥，火烤成酥，冰冻成碴儿。我只想一个个放到嘴里细细品尝，体会艳阳高照的六月，摘果子的人戴着白手套小心翼翼将蜜杏摘下，再给它套上白泡沫网，装到透明的定型箱里。这应该是吃新鲜杏子最好的时候。过了这个时候，树上的杏子长得太熟了，眼看要掉下来了，采摘下来的杏子就只好送到凉房里，制成杏干了。制成杏干的杏子虽然也很好吃，营养价值也很高，却与新鲜蜜杏不一样，它用来泡茶，或者做蜜饯，做切糕的点缀。蜜杏制成杏干，仿佛转世成了另一个生命。

细嚼慢咽

黄元米果

我一向将"果"字与植物的果实联系在一起，比如苹果、白果、无花果、开心果等。在日本看到有卖用汉字"菓子"命名的米制小点心，恍然意识到，确实，"果"也可以用来指各种米面制作加工出来的零食或点心的。记得《红楼梦》里就提到丫头给刘姥姥家的板儿抓一把小面果子，那该是各种形状小巧玲珑用面粉做的干点吧。小时候，喜欢吃一种薄薄脆脆像猫耳朵一样的面食，它有个好听的名称叫巧果。有位出生在大西北的表兄，小时候回上海过年，他喜欢吃上海论斤卖的什锦糕点，而在所有的这些什锦糕点中，他又顶喜欢油枣——一种小拇指大小裹着糖霜的油炸条，他管这叫油糖果。不过，日本的果子外形都若绚烂樱花般的妍丽，所以一直比较赞同一位喜欢带日本果子作为伴手礼的朋友的论断：同样的点心果子，日本人做的还是比较精细些。

这样的想法在经历一次江西的旅行后被彻底颠覆了。

我没有想到，被江西人描述成"芜芜嘎嘎"入菜的米面制品，会这么丰富，这么讲究。单单在上饶、鹰潭和婺源走一遭，所品尝到的便不下五六种。它们材质不同，形状各异，制作方法千差万别，却都被叫做"果"。区别只在前缀，且缀的原则又不统一。有的缀以地名，有的缀以材质，有的缀以品尝的季节。偶游到此的人乍接触到这些"果"，如入云里雾里。

黄元果因为进入了《舌尖上的中国》镜头，成为江西最为有名的"果"，当地人也称"黄元米餜"、"黄粄"、"黄粿"。据说此物起源于唐，兴盛于明，是赣南、粤东、闽西、台湾等地客家人的传统点心。因用米为材料，也叫黄元米果。它很像上海、宁波等地冬天食用的年糕，外观大都是长条形的，偶有圆坨，只是色泽不是米白色而是金黄色。第一次在菜单上看到有一道"黄元果炒腊肉"的时候，想当然地以为是用当地的某种山果炒江西特产腊肉。待到这道菜上桌，有些许惊讶：哪有什么果呀，只见满盆油光水滑的金黄色片片，夹杂着三三两两绛紫色腊肉片和几许菌菇，貌似特别喜庆。当地的朋友介绍，这金黄色的片片就是黄元果。尝一口，软糯水滑又有些韧劲儿，像年糕，但无论味道还是口感，都比年糕要复杂。这种复杂来自于黄元果特殊的制作工艺。

黄元米果的基本原料是按一定比例合在一起的粳米和糯米，这一点与制作年糕极为相似。不过，制作黄元果需要兑"灰水"，就是一种用黄荆干燥枝叶加以火烧，然后取其灰，水滤，

细嚼慢咽

生成带有碱性的碱水。用这种"灰水",再加入适量的黄栀子果实去浸泡粳米和糯米,然后将两种米按一定比例合在一起。黄栀子是一种天然黄色素。这样浸泡过的米就会变成金黄色。浸过合成的米上蒸笼蒸熟成米饭,再用木槌不停舂捣。米饭经过舂捣会变得极富韧性,被称为"糍"。最后,把糍置于案板上,不用刀,而是用一根细线切分出一个个厚约五六厘米的米果。米果可以和各种汤菜水煮成汤米果,也可以和腊肉等做成炒米果,还可以入油锅炸,调上辣酱,或裹上糖霜,做成可以当零食吃的炸米果。

由于粳米和糯米的比例恰当,再加上灰水的作用,黄元果的口感软糯不沾牙,细腻不腻人。每年九、十月开始,一直到第二年的二、三月份,江西许多地方的人们都在家里制作或保存一些这样的米果,就像存有腊肉、咸菜、辣椒酱、挂面一样。菜少时,做一份汤米果或者炒米果打发日子。有客人来了,一道道菜上完后,多一份米果等于多加了一个菜。这样的米果,在江西人尤其是客家人的心中,就是家的味道。这怎能叫离开家乡到他乡谋生的江西朋友不时时挂念呵!所以,如果不在江西,遇到一个想吃米果的江西人,那说明他是想家了。米果的味道,就是妈妈的味道,家的味道。

中国果子

如果不是因为吃到了江西的好几种米果，真的不会注意到中国的果子品种原来有这么多，几乎可以涵盖所有的食材，祭献于所有的季节。

黄元米果因为颜色金黄也被叫做黄金果，在各个重大的节日都会用到它来讨口彩，比如过年的时候，婚庆的时候，生娃的时候，甚至商家开张、造房上梁，都会以送黄金果、做黄金果来庆贺。但黄米果只是江西上百种米果之一种。过完了年，就是元宵节，江西人就要做元宵果，其中的一种就是汤圆，还有一种叫炸米果，就是将做成的汤圆油炸得外脆里糯，再蘸上糖霜或者辣椒面吃。到了清明前后，江西人又做起了清明果。这清明果的原理和含义，与江南一带的青团一致，有咬青祛邪的意思，传统的做法也是用艾青汁揉米粉，然后擀皮包上馅料，上笼蒸熟，做成青绿色的点心。不过青团的馅料和形状比较单调，都是豆沙馅团子形的。清明果就丰富得多，可以做成大团子形，也可以做成小汤圆形，更多的是各种手势捏出来的花饺形。清明果的味道有甜有咸，甜的大都是豆沙馅的，咸的有肉糜荠菜馅、肉糜韭黄馅的，偶尔也能吃到麻辣肉末粉丝馅的。这样多姿多味的清明果传递着制作和享用者所感受到的春的生机和喜悦。

夏季到来的时候，江西人吃得最多的果子是夏至果、麻叶果和各式各样的粉果。夏至果顾名思义是在夏至这一日吃的。据说，江西比较讲究的人家，在夏至这一天所做的果子要用到十几种食材，做果子的粉除了糯米粉、粳米粉，还可以掺上玉米粉、芋粉、麻薯粉，用这些粉做成一小颗一小颗的丸子，或有馅的，或实心的，然后下到煨了一个多小时的菌菇、笋尖鸡汤里，所以也叫汤米果。吃一碗汤米果过夏至，意义等同于其他地方的吃夏至面，不过风味却完全不同。正所谓地广人众，同俗不同风。麻叶果是用芝麻叶的碎渣和汁揉面做成颜色极为深黯的蒸饺。夏天吃麻叶果，有清热祛火的功效。粉果则是用米皮一层层卷起来，卷得松放馅料，就类似潮州的肠粉；卷得紧无馅料，切成一小段一小段的颗粒，放麻辣花生酱凉拌，转而就被叫做凉拌果，其实就是卷紧了的凉粉。

到了秋天，南方人有吃藕的传统，用藕做的点心数不胜数。江西的果子又怎么能够舍却这么应季的食材呢。用藕粉、芡实粉或者山药粉做成的果子，入汤，入羹，既营养，又好吃。当然，在这个食材最丰富、天气最高爽的季节，江西人还会忙着做一些特别的果子，留待冬天食材品种少的时候享用。在上饶，人们称这种果子叫果子干，而在鹰潭，那里的人们直接将做成果子的食材名拿来给果子命名。我在鹰潭吃到一种被叫做茄子干的果子，便是这种很特别的果子。制作这种果子步骤非常复杂，要把茄子剖开蒸熟酱好晒干，然后加入调料和其他增味的熟的食材，与蒸熟的糯米糅合，不停舂打成粉，再烘干、切块、轧条或剁粒。这茄子干吃上去非常韧，有点咸有点辣。当地朋友说小时候这是最好的零食，现在是老一辈江西人最喜欢佐饭佐粥的早餐伴侣，就像上海人过泡饭的油条。这果子干不仅可以用茄子做，也可以用南瓜、笋等做，可以是全素的，也可以荤素融合。

单单一地，一种米面制成的食物，就可以做成这么庞大的家族体系。如果将全中国做米面果子的方法种类综合起来，得是什么样的情景？更别说散落于全世界的所有中华料理了。于是便突然生出对所谓世界非物质文化遗产料理篇的怀疑。日本人将他们的料理申遗，韩国人将他们的泡菜申遗，这都应该是容易的事，因为他们的内容与工序都是有限的。中华料理无法申遗，因为它庞大，深邃，几近无限。以有限的认知来判断漫长历史中发展庞大的难以限定的事物，实在不能算是人类最聪明的行为。就像古希腊的哲学，是伟大的非物质遗产，倘若申遗，就成了笑话。

细嚼慢咽

麻麻搭搭芫芫嘎嘎咸咸辣辣

这一连串的双声叠韵说的不是心情，是风味——

看过庐山，游过南昌，吃过井冈山的红米和南瓜，但对赣菜还是茫然。印象中在江西吃的菜除了汤都是有酱油的；除了饭，都是辣的；大部分菜里都有粉条，细的宽的，都咸；香料不是蒜头就是韭菜，先烤后拌，都浓。带着这样的印象听朋友蔡博士一遍遍说家乡上饶的饭菜如何好吃，三清山的景色如何俊美，一下子还真的有点反应不过来，就好比刚游了如琴湖、欣赏了美庐，穿过花径，即刻到牯岭背后的农家乐吃一碗油炸白菜蘸辣椒酱再来一碗荞头炒肥肠。作为一个江西的外乡人，这一刻，身心、情致、视觉与知觉是无法统一起来的，一如蔡博士温雅的外表和执著的心性。在他说了要叫我们一干朋友尝他家乡菜半年不到，他还真叫我们去一家江西菜馆吃饭了。

赣菜在上海不太吃得开。这馆子设在大马路背后、大楼侧面、大卖场旁边，可以说闹中取静也可说幺泥角落。店堂不大，一两个包间，几个散座。生意的大宗是白天周边写字楼白领的午饭，包间主要留给思乡情切的江西老表。装修貌似随意细看有点奢华，说它奢华却有那么一种过了时的老土。人到齐就上菜，蔡博士说，江西这个地方以前不富裕，所以菜的摆盘不讲究，食材都是就地取用，不外乎山上长的、水里游的、在山涧爬行飞翔的。

果然，不分冷盘热炒，上来就"咚"一声，坐上一大瓦盆的肉菜红烧大雁（人工养殖的），再"咚"一声，一盆红烧鳜鱼，再"咚、咚、咚"，一盆干锅野猪肉（家养野猪种）、一盆红烧麂子肉、一盆红烧甲鱼。老板亲自上菜，见大家惊讶的神色，一迭声说"麻麻搭搭"，意为家常便饭随便做的不怎么用心。接着是两只煲菜，煲仔黄鳝筒和煲鄱阳湖大鱼头。

这些实墩墩的荤菜都用红烧，但不是上海菜的浓油赤酱，而是传说中"三杯鸡"的做法，即酒、油、酱油各一小杯，不放汤水，用文火将食材炖熟。传统的"三杯鸡"用小砂锅加盖放在炭炉上慢火炖制，上桌后满座飘香，砂锅内鸡块色泽发红，鸡肉鲜美，汤汁香醇，且为原味。如今发扬光大的"三杯系"同样几乎都用陶锅，食材都有机生长，大雁是早出晚归地放养，甲鱼任野生在小河里爬行，鳜鱼在大湖里长大身大肉瘦，没有小池塘养殖的肥腻，野猪和麂子肉纤维紧实而不渣。这些三杯系的肉菜放了十足十的香辛料，将赣菜的辣、鲜、咸、香发挥到了极致。席间几位年长的上海人似乎耐不住辣味，"嘶啦嘶

细嚼慢咽

啦"吐着气,蔡博士打趣道,可不,江西菜就是死辣死辣的嘛!从小吃惯这样的味道,异地谋生,吃别的菜就不是个味儿!

肉菜之后上的炒菜颜色轻盈不少,栀子花炒蛋、地皮菇炒蛋、煲小香菇、素炒胡子(西葫芦丝),因为野鲜时蔬的作用,尽管食材和调料有重复的,味道还是各个有所不同,相同的是里面都伴有各色的粉,薯粉、米粉,条状的、片状的。帮厨的老表把这说成"芜芜嘎嘎的"。蔡博士说,以往江西山地穷,吃饱不易,吃好更难,这样的菜算是又好又能吃饱的乡土待客菜了。而我想到的是之前为这顿江西菜做的功课:《后汉书》中《豫章记》里,称江西"嘉蔬精稻,擅味八方",这粮菜融汇一体的做法也该是一种验证吧。

王勃《滕王阁序》赞江西"物华天宝人杰地灵",吃着这样丰厚敦实、材质天然、口味奇绝、不拘一格的江西菜,便会想起黄庭坚,那一笔肥笔有骨、瘦笔有肉、变态纵横、拙胜于巧的书法,以及那一派脱胎换骨、以故为新、瘦硬奇拗的诗风,你别说,还真是那么一股江西味。

为了完型这股江西味,配菜老酒得是五十度潭花,不是什么润什么柔可比拟,而是老俵说的,令肠胃拉拉扯扯,所有的味道都好到有那么一股古拙气和执拗劲儿,一如江西青山绿水深藏不露的险境。

赣菜

主要由南昌、上饶、九江、赣东、赣南五大流派互相渗透并兼纳全省其他各地市土特菜肴而成。名菜有：粉蒸肉、三杯鸡、四星望月、血鸭。

细嚼慢咽

合鳋大红鱼

不在旅游旺季，黄昏的婺源有点清冷，唯有鳞次栉比灯火明灭的酒店招贴"中华合鳋红鲤鱼"分外醒目。鲤鱼，还是红色的，该不是锦鲤吧，再冠以合鳋二字，想起传说中从前人家新婚喜幔上绣的良缘吉祥物，吃它，岂不是焚琴煮鹤、暴殄天物！可当地的朋友说这不是观赏鱼，是供食用的婺源特有鱼种。到了婺源，若不吃一条红鱼，就像到喀什不吃羊肉串，到兰州不吃牛肉拉面，到重庆不吃麻辣烫、小面一样无聊。

朋友在一家据说能够吃到正宗合鳋红鱼的酒家订了座位。服务生上来请我们去水族箱里挑"荷包鱼"。什么荷包鱼？我感到很纳闷，不是合鳋红鱼吗？就是红鲤鱼啊！朋友和服务生异口同声回答。原来当地人在店招和菜单上写的合鳋红鲤鱼，念出来都成了荷包鱼。难道是念错字了？但看到这种红鱼真身的时候，觉得叫它荷包鱼也没有错。此鱼两斤左右，通体鲜红色，貌似鲤鱼，然比一般的鲤鱼头小尾短，背高体宽，形似中间大两头尖的荷包，有一种发财红火的意象。可又为何写成合鳋呢？

朋友说，这是因为传说这鱼有安孕之功效，自然暗合了结婚和早生贵子之意。

在等待厨师做鱼的时候，朋友便聊起了他的红鱼情结。这是他小时候喜欢吃的鱼，倒并不是这鱼味道有多么出色，而是因为稀有，因为热闹。整个上饶地区只有婺源有这种鱼。因为它体形笨拙游速慢，保护色差，在大水域里不易逃避敌害，也不易觅到食物，所以只有在近山的极小的湖溪或者有活水的人为的小池塘里，它才能够比较如意地繁衍生息。而中国人又是喜欢讨口彩的，这鲤鱼的颜色、形体以及药用都透着喜庆，过年的时候家家都希望在年夜饭的桌上摆上一条这样的鱼，结婚的喜宴上也希望有这么一条鱼，图的是年年有余、红红火火、荷包拿来、子孙满堂。只不过物以稀为贵，一般家庭舍不得去买比普通鱼贵好几倍的荷包红鱼，而朋友的父亲因为人缘好，在过年的时候有婺源的老朋友送上那么一条。即使这么一条，也足以让邻居旁人羡煞。

我们点的荷包红鲤鱼是葱姜清蒸的做法，为的是能够尝出它的本味。论色，确实漂亮，但也没有越过可以想象的样子：跟所有红色外表的鱼一样，经过加热烹饪，鲜艳的红色褪成了怀旧记忆模式，感觉生命越鲜艳，凋零得越颓败，反倒不如那些寻常草鱼，原本灰不溜秋，待做出来，批成了花，点上了椒红葱绿的，倒有了别一种生命似的。口感呢，肉质也算细嫩，但

细嚼慢咽

不一定比得上清江鳜鱼；味道也算鲜美，却远在太湖白水鱼之下。于是我明白了这红鱼真正的价值，它的精神寓意高于它的食用价值，但也因为它的精神价值，所以它就要牺牲就要被吃掉。

我所知道的红鱼还有一些，比如学名为红鳍笛鲷，又名红鱼、红槽鱼、红鸡的，是暖水性中下层鱼类，个体大，刺小，含肉率高，鱼体呈椭圆形，稍侧扁，红鱼头比较大，身体披着大栉鳞，侧线完全与背缘平行，眼间隔宽而突起，全身鲜红色，被列为优质海产鱼类，但吃口一样不如真正的海鲷。另外，那年去新疆喀纳斯旅行，附近的布尔津城以吃冷水鱼著名。看到那些鱼的牌价，一种叫做大红鱼的最贵，标价五千甚至上万。但事实上根本不可能在市场上见到。因为这种学名叫哲罗鲑的冷水鱼，若是野生的即为新疆的保护动物，不可随便食用。即使已经有了人工培育的，因为驯化养殖繁育过程复杂，也不能轻易得到。前几年见到一条新闻，在阿勒泰地区举办的首届农牧产品展销会上，一条驯化养殖了七年的大红鱼拍卖出了十九万九千元的高价。我一直在想，这条大鱼是继续被养起来呢，还是要上餐桌？都说喀纳斯湖怪是巨型哲罗鲑，但至少我的朋友圈里那么多去过喀纳斯的，没一个人见到过这种鱼。只有大红鱼的美名遍及喀纳斯，就因为它鲜艳的颜色吗？所谓红颜薄命，连鱼也未能幸免。

不发月饼的日子 /

到了中秋,单位给员工发月饼这种事,已经古老得跟退休人员在退休那天戴大红花、出席欢送会、被敲锣打鼓护送回家差不多……

细嚼慢咽

腐生活

不要一看到"腐"便想到变质败坏，就好像"恶之花"能亮瞎眼睛的是花，食物之腐所酝酿的美，也能够让你的舌头在某种味觉上打个"蝴蝶结"。

经过这个转弯路口的时候，"蝴蝶结"毫无征兆地飞起来了，不单单是我的，还有很多人的。有一种新鲜的又腐败的、香的又臭的、熟悉的又陌生的气息，忽明忽暗地扑鼻而来。循着这股气息，不知不觉有二十多人聚到这刚刚开业的南北土产店里。说是南北土产，除了木耳菌菇等干货，店里的其他货物都是南方的，尤以南方的糟熏腌酱食品为多，有宁波的重盐龙头烤、咸目鱼蛋，绍兴的醉螺醉螃蟹，启东的腌渍海蜇，扬州的酱菜，金华的火腿，桂林的剁椒，长沙的腊肉……且都是开坛零售，那股奇怪的味道就是由这所有的南货合成的。

"不过保质期不算好东西"，是一位北方人对南方美食的评价，也道出了南方美食的特点，那便是一个"腐"字。

"腐"是一种状态，淡定地将每季吃不掉的，或者一年中最好的食物，经过盐腌、酱渍、醪糟、烟熏，进行自然发酵，慢慢长出些微益生菌，最后制成各种腌腊制品，在淡季和食物短缺的时候细水长流地享用。南方温暖多雨，物产丰饶却又容易变质，经过"腐"的过程，食物不仅过了新鲜的保质期依然可以食用，而且会变得滋味深刻，这大概是南方人的祖先在丰富食物品种和口味方面的一大贡献，也培育出了带有浓烈地域特色的饮食基因。店里攒动的人头几乎都是带着一点东南或西南口音的"食腐动物"，其中最最让人惊讶的是一位讲上海闲话的老爷叔，他指定要一种云南出的如半块板砖一样厚重的腐乳，这是我迄今为止所见到的体量最大的腐乳。他一买就是十块，过秤一算，价格是三十五元。

啥味道？好吃吗？咸不咸？辣不辣？面对周遭惊诧的询问，老者自述曾经到云南当过插队知青，虽然回到上海已经三十多年，但是对那里出产的这种以芋艿为原料做成的腐乳甚是想念。他说当年的知青生活艰苦异常，最困难的时候连咸菜都难以弄到。逢年过节的时候，几位昆明知青从家里带来的这种腐乳，成为他们拌饭的奢侈品。

在所有"腐"的食物里，这种被南方人叫作乳腐，北方人叫做腐乳的，应该算最最典型的腐品了。标准的乳腐是用豆腐类的"白坯"为原料的。小时候寄居浦东亲戚家，见过一次他们自家做乳腐的过程：将四方的豆腐白坯均匀码在一只铺着白细布的大团箕里，每块之间留出空隙，再撒上一种像酵母一样的霉菌，放在阴凉的暗房里。不几天，豆腐上面就长出了白毛，在短短的两三天时间里，越长越多，看上去非常可怕。我以为是坏掉了，但是，家里人却显得非常高兴。等到一层厚厚的白毛像小棉被一样将豆腐坯全覆盖住了，就叫来一位年长的邻居婆婆，她用戴着手套的手将豆腐上的白毛一一揉搓一番，再淋上她调好佐料的几碗泛着酒酿味道的水，然后又用白布蒙上。过几天，她再来看看，就叫家里人用坛子将这些豆腐装起来，再倒上一些调味过的料酒，说过两天可以吃了。一天，吃早饭的时候，桌上就有了这豆腐，我一尝，非常糯，有点咸，有点鲜，酒香浓，叫道：是乳腐啊！一起的小伙伴都笑我"上海小囡戆"，因为那时候，浦东人把它叫做"霉豆腐"。

从小到大吃过的乳腐不下十几种，唯独这芋艿做的乳腐还没有吃到过，它会有怎样的口感和味道呢？

玫瑰乳腐

我一直认为，这是上海乳腐的代表。色泽鲜艳，是红曲调的胭红，因加了红玫瑰，有浓郁的玫瑰香，色泽也多了玫瑰的艳丽。口感软糯，味道偏甜。

年香

传统的中国年是有香气的,在每个不同的时间节点,散发着不同的气息,构成不同的调性。

除夕之前所有的作为如年香的前调,冲劲儿十足。人们匆匆忙忙往家搬着年货,杀鸡宰鹅,煮牛烹羊,舂芝麻搓汤圆,切大葱做饺子,把一间厨房甚至一个家堆得挤挤挨挨,不时散发着各种食物攒合在一起的生猛气息。除夕之夜最最热闹,每家每户将每一种可以获得好意头的菜肴都搬上桌,而回家团圆的每一个家庭成员,都将积攒了一年的亲情乡情倾注在酒足饭饱之中。过了这段最为兴奋的时刻,算是转入了年香的中调。从初一到初五,去谁家拜年做客,请谁来家吃饭,家家都有一种按部就班的沉稳。食材大都是已经处理过的半成品,即使做满满一桌菜也不见得会多么忙碌。经历过年夜饭的丰盛,面对一桌又一桌大同小异的年菜佳肴,人们也不再食指大动,各个淡定从容。

到了正月十五,闹完元宵就算过完年了。一款好的香水,

细嚼慢咽

前调香气用于识别，中调香气用于取悦他人，唯有悠长悠长的尾调，才是让使用它的人感到心动的。这年香也一样，最值得回味之处，似乎也是在年过完之后。

用来祭祖讨口彩和待客的大鱼大肉消失好多天后，一只差不多被遗忘的笋干红烧肉砂锅重新端出来，以此就青菜和米饭，居然能够吃出久违了的满足感。年前自制和亲朋馈赠的腊味没有消受殆尽，悬于阴凉通风处风干。雨雪霏霏不想出门，就取下一段手工腊肠，掰几片白菜，便做得一顿香气四溢的煲仔饭。周末图清闲，不想在饭菜上花时间，就切一块酱肉、小半只腊鸭、一只风鸡腿，干茶树菇做底，用文火慢慢蒸出一盘腊合蒸，无论喝粥还是下饭，即使一连吃上两三顿，都有滋有味不倒胃口。

到了天气转暖、春笋上市的时候，那块有机喂养的土猪咸肉就算有了用武之地，肥瘦相间的五花部位，可以整块煮后切大片铺于百叶丝、笋丝、香菇丝上清炖，那是怎样的荤素融合、丰简相宜的美味。带骨头的部位可以和新鲜的蹄髈、鲜笋尖、百叶结一起，做成上海人春天里的家常大菜——腌笃鲜。

青鱼干、咸风鹅和鳗鲞要收入冷冻室留到夏天，在闷热难耐的天气里，拿出来清蒸、炒毛豆、煮冬瓜汤，过热饭、凉粥和温泡饭，无一不合适，无一不美味。

而每一次享用这些年香的余味，就仿佛是对过年的欢乐和亲情的一次重温。比如吃到腊肠，会记起驱车去见识舌尖上的安昌；吃到喷香的咸肉，便记得这是母亲和兄弟的手艺；吃到风鸡和腊鸭，想起的是朋友的情谊。至于那锅从来不用想起，永远也不会忘记的笋干红烧肉，每一次端上桌，都会记起以往岁月里的年景。

有人曾经开玩笑，说我们南方人这种享用年货的方式是有点变态的，因为几乎每一样在风里晾晒过的食物几乎都过了卫生学上的保质期。可是，世上还真有许多东西是可以超长保存的，关键是要经过时间的发酵和熟成。好香水、好酒是这样的东西，年香也是这样的东西，却比其他更好，因为它记载了亲情的付出和对来年的祈盼。如果所有的腌腊制品都是自己去超市买的，那么享用的时候就不再有这许多韵味。

细嚼慢咽

姆妈剥的毛豆子

小暑天,趁着上午气温略低,开着车去水果店,一大盒一大盒的时鲜水果各来上一份,桃、梨、葡萄、西瓜,然后往父母家里搬。就像小时候在学堂里得了什么奖,回家喜滋滋接受爸爸姆妈的种种爱抚,这回也坦然接受着各种优待:先听埋怨,这么热的天你来做啥——这是夸赞呢!就好比从前他们说这么难的题你怎么做出来了;然后是递到手上的茶水——不凉不热,特别解渴,一饮而尽;再接个擦汗的毛巾——温热的,擦后那黏乎乎的皮肤马上干爽起来;最后捧起早已盛好饭在饭桌上凉着的饭碗,吃着他们特意新做的中午饭(要在平时,他们一定是吃前一天晚餐剩余的菜和饭,等晚上小侄子回家再做新鲜的)。我尽挑自己喜欢的菜吃,吃得越多,爸妈脸上的笑纹也会越多。饭毕,陪姆妈说话的工夫看手机报,而她拿出一箩毛豆,慢慢悠悠地剥着,要去帮她还不让。爸爸总是忙忙碌碌不知在干什么,只是时不时拿出各种吃食,最后摆满一茶几。

美好的一天感觉都是要比平常日子过得快,就像紧张的高中三年级预备高考前过初一和除夕。转眼就到了做晚饭的时候。姆妈去做饭,她剥的毛豆足足有一大海碗还冒了尖,也不见带去厨房,不知要干啥用。爸爸说有要事千方百计找借口上街,用什么热射病、中暑之类都劝不住,还出示自备防暑装备,伞啦,折扇啦,凉水浸湿的毛巾啦,以免我不放心跟着。

晚饭多出一盘大虾和一条鲜鱼,那是爸爸特意去买的。无论你多么内疚和抱怨,说他不顾家人担心,偏要热头里去买这些,他总是笑呵呵只说一句话,买的时候是活的,新鲜就是好吃。

跟每一次离家时一样,爸妈都会给一包东西叫带走,不用打开就知道,一定是吃的。带过姆妈裹的粽子,洗干净的鱼,有一阵胃不舒服的时候,带过刷掉了泥的干姜,秋天的时候,带过晒了一周日头的芋艿,这样的芋艿剥皮手不会痒,吃口特别香。这次带的会是什么呢?到家打开一看,原来是分装在两个密实袋里的毛豆,还有几头硕大的紫蒜。他们知道我厌烦剥豆,为了不剥豆,宁可不吃豆,或者买人家剥好的豆。那多不卫生!姆妈总是这么埋怨,你晓得那些剥豆的手之前在干什么!也知道我不喜欢吃蒜,买菜的时候不会记得买蒜,到做必须要用蒜的菜的时候,总心急慌忙找。

把毛豆放进冰箱的冷冻室(里面还有一大袋鲜蚕豆瓣,那也是五月的时候妈妈给备下的),把蒜放在网兜里挂到阴凉通风处,那里面还有一大块爸爸给我的老姜。这一个夏天,青椒炒毛豆、丝瓜毛豆炒鸡蛋、咸菜毛豆炒肉丝、鱼鲞煨毛豆……凡是可以跟毛豆一起炒来吃的菜可以随便吃了。那些可口却需要放蒜解毒的夏菜,炒米苋、油焖茄子、干烧四季豆、蒜瓣红焖黄鳝筒,只要买来食材,也是可以随便烧了。偶尔还可以用那些冰冻的蚕豆瓣做个翡翠豆瓣酥或者虾米豆瓣腌菜汤,特别养眼,也特别清爽可口。

爸妈给的食物就这么窝心,就像爸妈的恩情,涓涓细流不给人任何负担,直教人心生喜悦而心田滋润。相比之下,自己那夸张地搬到爸妈面前,以为尽了夏天般火热孝心的食物,唉,虽然人到中年,依然脱不尽浅薄的孩子气。

毛豆

就是新鲜连荚的大豆。味甘,性平,无毒。能止痛,消水肿,除胃热,通淤血,解药物之毒。多吃滑脾。因豆荚上有毛,所以叫毛豆。初夏入市的毛豆是上海人家的白搭蔬菜。

煮毛豆

盐水毛豆:锅内凉水浸没毛豆,用大火煮开,转文火煮熟而不至豆荚变黄,放盐,待凉即可。也可与凉水同时放入花椒、茴香大料等煮,待熟放少许盐,即为五香盐水毛豆。

糟毛豆:凉水浸没毛豆大火煮开,文火煮熟而不至豆荚变黄,毛豆出水浸入糟卤中。待凉即成糟毛豆。

炒毛豆

毛豆几乎可以与任何一种食材同炒,并能增加菜肴的鲜味。毛豆炒青椒、毛豆炒腌菜肉丝、毛豆炒榨菜肉丝、毛豆炒萧山萝卜干、毛豆炒丝瓜鸡蛋,等等。所有的毛豆炒菜最关键的一点就是毛豆必须在热油锅内煸炒至表皮起皱断生盛起,然后再与其他菜同炒。

蒸毛豆

毛豆可蒸鱼、蒸臭豆腐、蒸肉糜。最佳的蒸毛豆方法是先将毛豆在少许热油中煸炒断生,然后在其他食材蒸至七分熟时铺在食材表面继续蒸至食材全熟。这样的蒸菜上面毛豆碧绿,毛豆的香气和鲜味又可以提升菜的鲜味。

　　煸炒毛豆用大豆油或者菜籽油味道最佳,因其性相似,花生油和橄榄油略次,会改变毛豆的原味。

细嚼慢咽

美丽的兔子

我家先生的朋友海银先生送来一只宰杀洗净的光兔子,嘱是有机喂养,经常在山里的院子里放风的,带着自然的鲜味,一定要尝尝。我本不是素食者,也没有特别的宗教禁忌。但是,要去吃那些美丽或者忠勇的动物,终究有点不忍。我不吃狗肉,菜市场刚刚有卖餐鸽的时候也总是回避,见过小贩活剥鹌鹑后,连鹌鹑蛋都不吃,别说是一只连头搭脑的兔子了。这可让先生犯了难。怎么弄,怎么弄?他不善下厨,见我连看都不看那包兔子尸体形状的东西,撂下一句狠话:属兔的就不吃兔,那以后家里也不要做牛肉了,因为本人是牛大爷。这可不行,因为儿子喜欢吃牛肉。权衡再三,不得不硬着头皮想办法将一只死兔子做成一道菜。前提是不要让我看到那整只兔子,必须有人将那只兔子处理好,去掉头爪,剁成小块。

"出来吧,就当烧一顿红烧肉好了。"大约过了半个小时,丈夫将我唤到厨房,一盆鲜嫩干净的肉块放在案上,看上去很像最最新鲜的乳猪肋排。

对付从来没有接触过的食物,须得先研究一番。《名医别录》曰兔肉"无毒",主补中益气,《本草》曰兔肉"甘,寒。凉血,解热毒,主热气湿痹",亦可治"胃热呕逆,肠红下血"。鉴于兔子的这些物性,再想到已是秋凉,便就拿它用温阳的调料红烧处理了。

先将锅烧热,入适量花生油,入蔗糖,文火熬至出焦糖色,将兔肉块倒入翻炒锁住兔肉水分,等到肉块均匀裹满焦糖呈金红色,入老姜一大枚,葱白一大束,大料一朵,桂皮两片,香叶三片,头道酿造红酱油一大勺,陈酿绍酒一匙,再倒入黑啤少许,加盖旺火焖烧至沸后五分钟,翻炒,再入干红椒四支,转文火焖约三十分钟,至肉酥汤汁收至黏稠,起锅装盘,撒上零星香菜叶。一盘香气扑鼻、酱色红亮的兔肉就成了。

当天有亲友来访,以格海纳干红佐兔肉,再配以鲜蘑、黑木耳、走地老母鸡汤,清蒸黄鱼,外加几番时蔬,获得啧啧称赞,让我颇有成就感。不过有两个细节还是别人看不到的:一个是鸡汤里没有鸡心、鸡肝,因为兔肉性偏寒凉,不能与鸡心、鸡肝、橘、芥同食,怕伤脾胃;还有就是我满足于自制兔肉的香气,却依然没有勇气品尝,哪怕一小块。只是时不时想起外婆说过的故事:当年母亲怀我三月,适逢困难时期,蛋白质不够,外婆得一兔子,欲煮给母亲补营养。可母亲不愿吃,怕吃什么像什么坏了胎教,生出兔唇孩子。结果外婆转身将兔肉做成红烧,骗母亲说是猪肉让她吃了下去,吃完了告诉她是兔肉。结果我呱呱坠地时,母亲第一声问的是"孩子的嘴怎样"。医生很纳闷,不问男女,为何只问嘴?便抱我给她看,看到一切正常,她那提了大半年的心才落定下来。

也算读书人出身的母亲曾经有过如此荒唐的迷信,恐怕只能用母爱才能解释得通。念及于此,眼前的兔肉虽然诱人,也还是不吃为好。肠胃中没有兔子,心里就永远存有一个跟兔子有关的故事。

兔肉

《名医别录》曰,兔肉"无毒",主补中益气,《本草》曰兔肉"甘,寒。凉血,解热毒,主热气湿痹",亦可治"胃热呕逆,肠红下血"。

都市里的农家菜

街上出现了许多自诩农家菜特色的餐馆。它们不是叫"新农村"、"农庄"、"公社",就是干脆冠名"农家菜"、"土菜",反正都跟农家沾上点边儿。它们有许多相似的地方:这些叫农家菜的,不在田头农家,而是跻身于闹市,甚至隐身在宾馆或星级酒店的餐厅,是都市里的味觉村庄;它们的菜色比较相近,大多有明显的本帮乡镇风味,但又不限于某个乡镇,而是融汇了上海传统意义上的远郊,比如金山、崇明、奉贤、南汇、青浦、松江等地有特色的农家菜肴,还兼顾了上海周边江浙地区在内的一些家常菜精华;它们的食材普通,少见山珍海味,多用大鱼大肉,而且,它们大都价格平民,人均消费一般不会超过百元。这有点像过去县一级的地方戏班进京汇演,行当全,剧目多,乡音不同但表现手法雷同,要分辨高下,选出几个技术高超表现有个性的,还真要仔细品味。

都市里的农家菜我将它们分为三种,一种是普通家常菜。这可能是目前大多数农家菜的状况。这些农家菜馆在环境装潢方面突出农村生活印记,蓑衣、竹篓、蓝花布、白木条桌长板凳。菜单的设计突出一个"土"字。鸡要叫土鸡,笋要叫山笋,马兰头要叫野菜,连目前尚无养殖的鳑鲏鱼,也要加上"野生"。其实,他们所有的食材都是批发市场的货,味精和色素用得较多,饭后口渴,五六杯水加上一个梨都解不了。

第二种是坚守区域特色的农家菜。这种农家菜不谈兼容而是强调原生态个性。比如皖南农家就用散养的老鸡熬汤,汤浓且油,保持了母鸡汤的鲜香;臭鳜鱼作为招牌菜,毫不妥协地突出其臭,讨厌者敬而远之,喜欢者大快朵颐;而只做地道贵州农家菜的老坛,口味就那样酸,那样辣,有一副自得其乐的镇上大茶馆样子。

第三种属于客串走秀时鲜菜。我曾经去参加品尝一家宾馆举办的江浙菜肴美食节展示。翻开菜单,九十道菜囊括了上海大部分农家菜的菜色。但与众不同的是,大多数菜名几乎都点明了食材和菜色的原生地。比如清炒汤山水芹,那么水芹就是产自汤山。绍兴臭干烧牛蛙,这臭干就必须是来自绍兴的小方臭干。镇江咸蹄笃冬瓜,这只咸蹄就一定采购自镇江。同样一份地主年菜(鲜猪肉丸子、鲜猪肉、煮鸡蛋、草头干一起红烧),所用猪肉是著名的"两头乌"(猪身像熊猫一样两头生黑花的,此种猪肉香浓膻微)。也许客串或走秀带有一定的游戏表演性质,所以据说这个美食节策划的时候,厨师们都是打开地图找灵感,追求创作的激情,不太考虑操作的难度。它们在地图上看江浙沪一带,哪里的特色食材能激发自己的食欲,就往那里去淘换食材。结果花了两个月,才弄出九十道菜单,并且坚持不用色素,无添加剂,比较符合农家菜应该有的绿色有机淳朴的概念。

在农家都到超市或菜市场买菜买肉买米做饭的今天,这帮年轻厨师所追求的原生态农家菜就成为了时尚。

细嚼慢咽

汽锅与火锅

  江南一带的人从前较少吃火锅，汽锅就更是难以看到。我在上海第一次见到汽锅是在上世纪九十年代。那时候淮海路上开有一家湖北豆皮店，与豆皮搭配的汤料除了有免费的葱花蛋皮丝清汤，上一个台阶的就是汽锅鸽子汤。那是个小如饭碗的紫砂陶锅，有提耳，有圈足，有盖。揭开锅盖，锅中间起一个有孔的喷嘴，要是这个汽锅是刚刚从蒸锅里出来，这喷嘴一定还在咕哧咕哧冒着蒸汽。喷嘴四周，几块鸽子肉沉在七分满的汤汁里。这汤就是喷嘴里的蒸汽生成的。说真的，汽锅里的鸽子汤尽管鲜美，可我并不觉得一定比烧锅里的鸽子清汤好到哪里。不过因为紫砂汽锅这一形式比较新颖，便觉得原本简简单单的湖北民间吃食豆皮顿时豪华起来。后来见识到滇南建水的汽锅鸡，才知道那小盅汽锅鸽子只是对这道云南名菜的山寨与微缩。

  云南汽锅鸡风味之所以独特，全赖它独特的烹制器皿——汽锅。汽锅出自滇南的建水。它是用紫红色陶泥制坯后，再用雕刀在表面雕镂出菊、竹、梅、兰等各种文雅图饰，填以白泥或彩泥，使汽锅与书画艺术结合，并饰以狮头耳，不上釉入窑烧制。烧成后再用石料打磨抛光，其色如铜，其音如磬。一尊好的汽锅，其古朴典雅之气韵堪与紫砂艺术比美。汽锅的底部为喇叭状蒸汽进口，中央上连一支圆锥管状喷嘴，达锅身的三分之二高，锅上加盖密实的盖子。烹饪时，将加工成块的食材，放入汽锅内喷嘴周围，不加水，只加调料或田七、虫草、天麻等食疗药材，然后将汽锅置于大蒸锅上，待蒸锅内的水煮沸后，蒸汽即从汽锅的底部喇叭状进口经过喷嘴喷入汽锅内，遂将汽锅内的食材烹熟，并凝成汤汁。由于汽锅的烹饪原理是高温蒸汽加热，食物的汤汁全由回滴蒸汽凝成，是一种比较健康安全的烹饪方法，既无金属离子溶入，长时间加热也不会因为水汽蒸发而产生影响食物味道的无机盐类。所以，汽锅菜肴能比较好地保持原汁原味，是药膳的最佳烹饪方式。云南的田七汽锅鸡就是以大补气血列入《中国名菜谱》，跻身国宾馆保留菜单。

同乐坊有家火锅店，是把云南汽锅的原理用到火锅上。其加热过程中并不使用明火或电磁炉，而是使用集中供给的温度高达150℃的蒸汽。与其他使用燃气明火炉或电磁炉加热的火锅店相比，蒸汽加热方法可以大大减少火灾隐患，对怀孕的或装有心脏起搏器的火锅爱好者来说，也没有电磁辐射之忧。另外，店家还富有创意地把锅身改成万年火山岩石料。火山岩制作的

细嚼慢咽

锅子具有较好的保温效果,加热多长时间也不用担心会有被烫伤的危险。还有一个好处可能都市白领比较能够体会,那就是汽锅火锅料理的过程中,因为使用的都是清汤,再加上回滴蒸汽阻碍了锅内水汽的蒸发,所以往日最为担忧的餐后浑身上下从头发到毛衣渗透着的五味杂陈的火锅气味,居然一点都没有。

围墙外的黑暗料理

早上送孩子的车水马龙没有了，中午和傍晚成群结队喧闹着走出大门的学生也不见了。与这一切一同消歇了的，还有那些若伴着珊瑚群滋生的浮游生物一样围绕校园的黑暗料理。

就像"干部""电话"等词一样，"黑暗料理"一词也是舶来品，最早出自日本动漫《中华小当家》。原来是指故事中由梁山好汉的后代组成的具有百多年历史的厨师集团，他们厨艺和武艺合体，能力高强，妄想利用料理控制国家，是料理界的恐怖组织。最后自然邪不压正，不是被正义派小当家打败，就是被宫廷派收服。时隔多年，经网络引申转注之后，"黑暗料理"衍生出了更具体也更复杂的现实意义，既可以指街边卫生状况差、经营到很晚的小吃摊大排档，也可以形容由初学厨艺或者厨艺差的人制作的，无论口味还是品相都令人匪夷所思难以接受的食物，更包括售卖假冒伪劣有毒有害食物、没有食品经营许可证的流动商贩。不幸的是，这所有的"黑暗"，在校园的围墙之外皆有迹可循。

细嚼慢咽

镜头回放，倒退两个星期……

正对校门的那间两元杂货店变成一个冒着油烟气的点心铺子。门口支着两口大锅，煎锅成天煎着滋滋响的葱油饼，油多得冒泡，放上两个鸡蛋才两元多一份，不久前涨到三元；麻辣烫的汤锅滚着老也不换的红汤，旁边的塑料浅方筐里，堆着蔫头耷脑绑成一小束一小束的各色菜蔬，以及串在竹签上根本无法吃出到底什么味的各色丸子。掌煎锅的男子围兜已经看不出是什么颜色了，煎饼的碎屑隔一会儿就会被他用铲子铲出锅面，貌似铲向炉前的一只脏兮兮的提桶里，但也有不少直接就掉到店门前的人行道上了。过不多久，这些碎屑又被搅拌进面糊，成为下一批葱油饼的原材料。管麻辣烫的女子捞着烫料的时候，总是不由自主地撩一次额发。烫料锅子的浮沫积多了，她用瓢掠了泼在街边的下水道口。

校门的旁边有间饮食店，以低价出名。一碗馄饨、一碗拌面都是三块钱，一盅炖汤五六块钱。在店里忙活的都是一家人。这家店的许多食材像面啦、荷包蛋啦，都是摊放在门口，任灰尘和苍蝇飞扑。不知是这家的儿子还是侄子，将顾客吃剩的碗筷撤了，就放到一个漂着泔水样颜色的池子里泡着。若没有客人，年长的女人会用一块抹布将每个碗拿出来擦干备用，若客人多了，就直接拿出碗盛食物了。

傍晚放学时分，校门口街沿上还会多出三两个烧烤的流动车，炭火或者铁板烤着鱿鱼须、鸡翅尖和一些说不清道不明的肉。

凑这份热闹的是放学后大批饥肠辘辘的学生。他们像饥不择食的小动物，被貌似不计成本的油炸食物的香味和足以掩盖食材本味的辛辣料所逗引。所有的料理者都一手料理一手接钱，所有的孩子都一手交钱一手抓食物。要是在冬天，暮色下降得早，还能点上几盏灯、衬出几眼炉火，就算黑暗中的恐怖料理也增添了热气腾腾的人间烟火气，连成年家长都抵挡不了诱惑，居然三三两两地陪着孩子一起享用。

这里的地面永远是油腻的，这里的气味无论白天还是黑夜，泛着一股酸腐嚆臭。

如今假期到来，校门口的街面被连日暴雨冲刷一清，围墙外的梧桐树和围墙里的香樟树相连成荫，蝉鸣阵阵，宁静得恍如隔世。但假期过后，一切又会重来，就像总也结束不了的连续剧。

细嚼慢咽

云腿与月饼的美味关系

吃过的月饼数也数不清,唯有今年算是吃出新意。旧历八月刚到,收到两位去云南的朋友带回的手信,共三样,居然都是云南月饼。

说是月饼,但是手信包装上的叫法有所不同,一种是用古朴的牛皮纸包装,上书"云腿砣",一种是"鲜花饼",另一种就叫云南月饼——一个个考究的暗红小盒,装着单个的云腿鲜花月饼,透着典型的节庆商业气氛。

我将云腿砣、鲜花饼和云腿鲜花月饼各开封一枚比较品尝,发现尽管出品的商家各不相同,但是从外表到内涵,这三者透着一种紧密的亲缘关系。

云腿砣的外表最为质朴,名如其形,看上去就是一种半球体的油酥点心,像云南沱茶的样子。酥皮箱西点里的牛油酥,松而不脆。轻轻咬开一点酥皮,就喜出望外地看到里面是满满当当的胭红的云南火腿粒。云腿的色味都非常新鲜,像刚刚开出的云腿上方,有微微的香气,口感滋润有细微的嚼劲,却绝不老渣。酥皮微甜不油，火腿粒微咸不腻，咸甜搭配，极为可口，伴陈年普洱或不加糖的清咖，若名媛与绅士，门当户对相得益彰。

鲜花饼的外形就是典型的酥皮饼状，带一点浆状的薄薄一层馅料，似有若无的甜味，加上玫瑰花的芬芳，显见得是一种比较清雅的食物。用它来伴普洱或者咖啡都有点不当，就像小姐配绿林似的，倒是江南的绿茶与之搭配，若淑女配君子、小女子伴闺蜜，彼此映衬，浓淡相宜。

云腿鲜花月饼的外皮和馅料似乎是云腿砣和鲜花饼的叠加。它有着云腿砣的酥皮和云腿馅料，也有着鲜花饼的形状和玫瑰花的香气。仿佛是婚礼上的新嫁娘，被娘家人结结实实地打扮了一番，要将娘家的财气、新娘的秀气和夫家的贵气集于一身，酥皮酥到沁油，火腿粒多到挤成一团没有一点点空隙，玫瑰花香浓郁，跟同样浓郁的云腿香混合在一起，生出一种说不清道不明的浓郁香气，如此满溢的美丽富贵，使得这云南火腿鲜花月饼在享用它的时候用手根本承托不住，咬一口，酥皮和火腿粒就会窸窸窣窣碎落下来，只有将月饼放在小碟里，用小勺子喝着吃才能妥当。貌似一只不大的月饼，如果不是感觉饥饿，一次很难全部吃下去，可能跟月饼的重油、多肉（火腿）能量高有关。

云腿与鲜花，作为云南最可夸耀的美食，被组合到月饼里，

细嚼慢咽

只能用惊艳一词来形容了。不过我说不出云腿砣、鲜花饼和云腿鲜花月饼哪个更好，就像说一个美丽的女子什么时候更美。云腿砣和鲜花饼是女子的常态，自有她天然的动人之处。云腿鲜花月饼是女子出嫁的喜庆时节，堆积的富贵华丽也只有佳期可赏。

有些人曾经错过还会相遇那是因为缘分，现在我相信，人与美食之间也存在着这样的关系。记得去年中秋前夕我在云南游玩，一边享受高原的秋爽，一边还将当地的美食尝了不少，昆明的过桥米线、汽锅鸡，丽江的粑粑、腊排骨和灌肠，迪庆的牦牛火锅、苦荞饼，大理的饵块和三香茶等，也算大饱口福。但是，独独提不起兴趣去买当时满大街都在推销的云南火腿月饼。这是作为一个上海人的偏见，因为我一直以为海纳百川的上海滩汇聚了全国各地的美食，每年中秋月饼的品种成千上万，光上海本地产的名牌月饼都尝不过来，何必千里迢迢到云南吃这个？然而仅仅时隔一年，我就邂逅了云腿月饼。看来，我跟美食之间，缘分还是不浅的。

鲜肉月饼

上海是出好吃的月饼的地方。远的不说了,几年前听新民周刊的胡展奋兄说,他去西北采访一位获得南丁格尔奖的老护士,时值中秋,带去一盒杏花楼月饼做伴手礼。这位在边远地区奉献了大半辈子的天使,一般不接受别人送来的礼品,但是当她看到来自上海的月饼,眼睛还是温柔地亮了一亮。不过,每到中秋节的当天,最最受欢迎、最最难以得手,也就是说最最吃香的,倒不是那种包装精美的传统广式或苏式月饼,此类月饼的甜腻,其实是大多数人所排斥的,有一玩笑说"你要是恨谁就请他吃月饼",很能说明问题。而价格像生煎馒头和菜包子一样大众化的鲜肉月饼,则属于月饼中的另类。

从我记事的时候开始,淮海路上的光明邨、南京东路上的老大房等老字号,在下班高峰的时候要是有排队的人,基本上都是在等鲜肉月饼出炉。大多数上海人都能够随口说出几家心仪的卖鲜肉月饼的店家,也都晓得鲜肉月饼的好坏标准。就我吃鲜肉月饼的经验,好的鲜肉月饼的皮是用水油混合的酥皮做的，做好后在最外一层，要刷上一层蛋黄酱，这样经过烘烤后，吃起来饼皮里酥外脆，非常有质感。馅必须用新鲜的猪肉做，肉质要紧致，肉汁要丰腴，但又不可以非常油腻，是肥瘦不同的肉恰当配伍加入调料后产生的汁水，而不是廉价的板油和肉皮冻刻意制造的汤水。这样的肉汁慢慢渗透到酥皮里，又不泄溢至脆皮外，可谓一绝。也许正因为价廉物美，这鲜肉月饼从节日特点变成日常小点，在不是中秋的时候，也像小笼包、生煎馒头一样，成为一些点心店的看家节目。而到了中秋这一日，如果不是一早甚至隔夜就去排队，即使等到了夜里七八点钟，大概也是难以吃到这些店的鲜肉月饼的。

曾经有外地朋友说上海的鲜肉月饼好吃，但提出异议：这明明就是肉馅酥饼嘛，怎么能算月饼呢。

月饼到底该是啥样有定规吗？宋朝的时候，苏东坡《留别张左藏》一诗中就描述合浦月饼："小饼如嚼月，中有酥与饴。"说明那时候有月饼，且月饼是甜的。但是潮州或者云南和绍兴就有椒盐口味的月饼。至于馅料的荤素，那真是五花八门，什么都有。既然广式月饼可以允许火腿甚至鲍鱼、燕窝入月饼，苏式月饼可以入大油，那么，用酥皮和大肉馅做的上海鲜肉饼为何不能算月饼呢？从文字上说，"月"与"肉"古时还曾经同音呢，甲骨文和篆体字形也比较像，虽然本意不同，假借一下也是可以的吧，本来上海就是个南腔北调五方杂糅之地。

说到鲜肉月饼的好吃还可以购买时的纠结为证。许多人会有这样的经验,因为排队的人实在太多,等到买的时候,为了跟时间成本平衡,往往会改变初衷,多买上好几倍。结果就是排队的人更多,等候的时间更长。还有就是买到后马上吃还是等回家后吃。刚刚出炉的鲜肉月饼香气一里外就能闻得到,装纸袋后拿在手里,热烘烘的。中国人的饮食经验就是东西趁热吃最好,更何况烘烤过的鲜肉月饼。但是在路上走着吃这东西是非常狼狈的。酥皮是要塞塞窣窣掉的,肉汁要是不小心也有滴到衣服上的可能。所以常常看到鲜肉月饼店周围一些店堂,总有人站那儿吃月饼。那算是尝鲜吧。

细嚼慢咽

不发月饼的日子

到了中秋，单位给员工发月饼这种事，已经古老得跟退休人员在退休那天戴大红花、出席欢送会、被敲锣打鼓护送回家差不多。单位不发月饼的理由有很多，众口难调是一说，而最好的说法就是给了钱。将过节的一点人情折合成人民币，打入工资卡内，与所有的收入一起打包扣税，然后单位少了麻烦，员工自然也少了争议，毫无疑问的，也少领了份温情。这样做是好是坏一直有争议，但是现在出现"月饼税"（这样说也许不合适，因为月饼本身已经含了消费税，这里说的是 2011 年，媒体报道，有关部门特别申明，单位给员工发月饼的费用要计入个人总收入扣税），才发现不发月饼是多么明智与新潮。

在不发月饼的日子，怎么过中秋？

我的旧屋邻居小 P 自开一家小公司，从没有单位给他发过月饼，他的心得颇有灰喜剧色彩，说出来博大家一笑。

小 P 每年孝敬父母和馈赠亲友的月饼，都是先到倒卖各种月饼票的"黄牛"那里花低于票面额三折到四折的价格买了票，再去相应柜台换来的。他的理由很简单,既然月饼的成本和价格之间存在很大的利润空间,那么就不必要花那些冤枉钱。他把去"黄牛"那里买有价证券等同于网络团购或者去工厂折扣店购物,"黄牛"就是一低价搜刮折扣库存的中间商,或者中间交易平台,"我只是一终端客户而已"。

小P最佩服的是"黄牛",一年只赚一个月不仅可以养活自己,还能够淘到最好的月饼给自己的家人留着。但是却没有勇气自己做"黄牛"。

做月饼"黄牛"太辛苦了,小P说:"在天气还是很热的九月份,每天中午饭后,就要端只小凳子带一只多层分割的小包到著名的商厦门口占位子。去晚了,别的'黄牛'先到,自己就不好意思再挤进去跟人家抢生意了。'黄牛'也有自己的道行,那些后来者不懂规矩,现在虽然少有被其他'黄牛'围殴的事发生,但是那些出让或想要购买有价券的'客户'是一看就看出来谁是新来的,谁是老'打桩'的。"小P甚至不无自豪地说,他只跟那些有信誉的"黄牛"做生意。什么叫做有信誉呢?就是什么等级什么知名度的牌子的月饼券,多少折扣可以购得,往往有定数并且几年不变。这样,小P每年买月饼过中秋就可以打预算,更可以不费脑力去换票,计较是买贵了还是便宜了。

有一次,小P见一熟稔的"黄牛"脸色蜡黄坐在商厦后门的台阶上，一问才知这"黄牛"因为前几日瘫痪的父亲突然抽搐住医院治疗误了好时辰，眼看中秋将至，一年的挣钱光景就要过去，所以这几天天天一早就到场，想把失去的机会抢回来。不想中午流动摊上买的盒饭吃坏了肚子。小P劝他回家他也不愿意，说一年的主要生活就靠这几天收入外加低保了，其他时间要照顾瘫痪的父亲。他还故作轻松地自嘲：还好位置选得好，在商厦门口上班，上卫生间容易。要是那些月饼专卖店，都是小门小户的，内急了到哪里解决啊。

见他如此艰难，小P动了恻隐之心。本来想着在最后关头好好杀杀"黄牛"的价弄一份冰淇淋月饼给女儿，结果还是按照早一两周的价交易了，并且还跑回家找出消炎止泻的药带上饮用水给"老黄牛"送去。

小P跟"黄牛"的这种关系，在我看来，某种程度上比网络团购群的忠诚度要高，比起那些打在工资卡上扣税后说不清是多少的过中秋的款，也要有温度。虽然他们一年只见那么一两次，甚至根本见不到。

月饼票

中秋月饼的代金券，也叫月饼券，由各品牌月饼厂家独立发行，持券可以在限定时间内在该券指定的所有换领地点换领相应的月饼。上海人习惯使用月饼券。2011年9月的中秋，月饼券被爆料背后的暴利。不少持某家连锁月饼厂家月饼券者到了中秋这一天，居然领不到月饼，从而月饼券背后的利益链浮出水面。

　　品牌月饼团购月饼券的折扣为八折。有些人收到太多月饼券根本使用不了，就会去变现卖给"黄牛"。"黄牛"以四点五折价格回收月饼券，再以五折的价格卖给月饼厂家。厂家"印刷一张月饼券也就几分钱。这一来一去，不用生产月饼，厂家就净赚票面额的百分之三十，黄牛赚票面额的百分之十。

　　"黄牛"收购月饼券也要看月饼的品牌。传统老牌的，或者大的有连锁店铺的品牌月饼券"黄牛"才收。比如杏花楼、新雅，或者哈根达斯等。

细嚼慢咽

婚宴且贵且平庸

喜酒摆在著名的五星酒店里,由港籍新郎和沪籍新娘双方父母共同出资,算是沪港合作了一把,场面甚是宏大:排开几十大桌,看菜谱,菜菜吉祥,道道诗意。食材应该也是上乘,燕鲍参蚝龙虾俱全,红酒白酒喜烟随斟随点,粗粗一算,即便去掉乐队歌舞表演的出场费,耗资也不下好几十万。不过,与许许多多的婚宴一样,除了地点和场面,这菜肴的滋味实在不敢恭维。近两万一桌的菜肴,看到的燕窝羹做得像银耳羹,大龙虾做得像小龙虾,鲍鱼做得像色味不足又放凉了的红烧肉。但因为是婚礼,几乎也没有人挑剔这么昂贵的食材做得味道这么平庸。这种且贵且平庸的格调,几乎成了中国所有大城市里婚宴的共同格调。

食物使人满足,酒叫人兴奋,合在一起就成了欢乐。结婚是人一生中最重大的事情。从古到今,婚礼中的筵席,食材好不好,丰富不丰富,烹饪精不精,向来是整个婚礼中非常重要的内容。中国许多地方都有为儿女婚礼早早备下食材的传统。

比如，有为嫁女而在女儿出生后不久便酿下的女儿红、制作的普洱茶，有为娶媳妇而早早腌制的火腿、腊肠。去年去清远参加一对年轻人的婚礼，新郎家就为了在婚礼上让来宾能够吃到真正清远的美味食材，早一年在自家屋后的竹园里，有机喂养了几十羽血统纯正的清远鸡和十几头乌鬃鹅，还在其他乡村亲戚家，寄养了三四头广东小白猪。有人说婚礼的气氛和形式最重要，殊不知，喜庆的气氛都是差不多的，倒是那些婚宴中真正的美味，会让人记住一辈子。小说家沈从文回忆自己一生中吃过的最好吃的饭只有两顿，一顿是他成名前一无所有饥寒交迫做最最落魄的北大旁听生时，郁达夫请他在小饭馆吃的便饭，这种雪中送炭的恩情自然不会忘记；另一顿便是徐志摩与陆小曼的婚宴。按说徐陆婚礼名人云集，掌故颇多，单单梁启超作为证婚人和师长，当堂训斥新人性情浮躁用情不专的证婚词，在当时便广为传播，之后成为许多当时在场的人的回忆内容。这样眼花缭乱的一场婚礼，过了许多年，沈从文依然记得婚宴美味，却从不提也算风流倜傥的徐志摩说了什么、做了什么，不提也算貌美佳人的陆小曼穿了什么、戴了什么。这就是"民以食为天"之天的分量。所以，上个世纪，一般人都将婚宴设在著名的有特色的饭店里。我所接触的一些老人，有人会记得婚礼上的烤鸭，有人记得婚礼上的烤乳猪。即便在食物非常短缺的战争或自然灾害时期，婚宴上有限的食物依然是重要的关

细嚼慢咽

于婚礼的记忆。有对夫妇一直记得在重庆结婚时吃的腊肠和点心红油炒手;还有对夫妇老提上世纪六十年代初结婚时,桌上唯一的荤菜——一条松鼠黄鱼,在他们的记忆里,那条鱼绝无仅有的大,也空前绝后的美味。这样的关于婚礼美食的描述,近一二十年,似乎再也没有听到过。

来自民政部的统计显示,中国每年有约一千万对新人喜结良缘,全国每年因结婚产生的消费总额已近五千亿元,其中婚宴消费占了差不多三分之一。城市中的婚宴承办饭店一般就是星级酒店和社会饭店两种,但无论哪一种,花同等的价格都很难获得平日在同样场所宴请点菜所能获得的美味享受。这算不算婚宴文化的衰弱?

那些与红楼有关的蟹宴

秋尽入冬,各路争相上演的全蟹宴算是将一年的吃蟹盛事作一个圆满的收尾。

说到蟹宴,人们总喜欢比附《红楼梦》中史湘云在藕香榭摆的螃蟹宴。许多酒家门口都打着"红楼蟹宴"的红幡,不攀这一道似乎就没有文化似的。细看那些菜单,什么醉蟹,奶酪焗蟹斗,蟹黄鱼翅,蟹粉狮子头,东西南北说不上风格的什锦蟹拼盘,其实跟大观园里的蟹宴没有多大关系。其中顶顶滑稽的是某城在几年前为了凸显当地政府为养蟹事业招商数十亿的隆重性,在体育馆摆了一场大型红楼蟹宴。席上无数道菜,菜菜都跟蟹有关,还叫专业演员扮上宝玉、黛玉、宝钗、湘云、熙凤在席间穿梭,意图再现大观园里众人吃蟹、饮酒、赏菊、赋诗的场景。假"宝玉"到了还真的即兴赋诗了,末一句"原为世人美口腹,××蟹香声名扬",我看真可以叫曹雪芹吐血了。

不错,曹雪芹可能是喜欢吃蟹,不然不会在《红楼梦》里两次提到螃蟹。但是要记得,这两次跟蟹有关的事都连着倒霉

细嚼慢咽

蛋薛蟠。藕香榭里吃的蟹是薛宝钗叫薛蟠弄来的吧,薛蟠差茗烟将宝玉从书斋骗出吃饭,也是因为这呆霸王得了"那么大的藕和那么大的螃蟹"。曹雪芹是景观创意大师,小小一场蟹宴就留下小丫头扇风炉煮茶、鸳鸯琥珀大丫头闹酒、熙凤平儿主仆蹭脸吃醋、黛玉坐绣墩钓鱼、众姐妹兄弟吟诗等许多场景,值得回味。但是曹雪芹也是隐喻大师,《红楼梦》中无一景无一人无一物没有意义。大观园的螃蟹宴高潮是"菊花诗"和"螃蟹咏"。薛宝钗那几句"眼前道路无经纬,皮里春秋空黑黄""于今落釜成何益?月浦空余禾黍香"才是这场筵席背后处境的真谛。在那时的富贵人眼里,螃蟹算不得什么好东西,不然史湘云也不会为了拿不出银子而用螃蟹请客了。而貌似横行霸道花样百出膏满肠肥的螃蟹,用贾母的话说这东西不是人人都吃得的,吃下去弄不好会积寒于内、胸口疼痛、大病不起。而这些蟹,恰恰是大厦将倾未倾之时自己先不保的薛蟠弄来的。若有人在网上将红楼螃蟹宴的意象内涵传播得人人皆知,还有人会攀附它为自家店里卖的大闸蟹做马甲吗?

再说,作为一个真正喜欢吃蟹的美食家,曹雪芹是深知原汁原味的妙处。《红楼梦》中描写大观园里"白富美"们吃蟹,她们是把剥壳吃蟹视为乐趣。如"凤姐把剥的蟹肉让与薛姨妈,薛姨妈不让并说,'我们自己拿着吃香甜'。"早几年沪上酒家刚刚兴起秋季推蟹宴的时候,也有一些小门小户的店只以正宗阳澄湖或者太湖蟹作由头招徕顾客，生意竟然也不错。我曾听一位小老板说过，最绝的是常常会出现一人独来食蟹的场景。这些食蟹老饕往往只点雌雄各一的蟹一对，温一小壶黄酒，有的连姜醋都不要，只为吃出蟹的真味，吃完就走人。

蟹吃到这种境界，才算得上道行深。

细嚼慢咽

农家乐，不乐

年长朋友阿雯退休一月忙得不亦乐乎。最近据说已经拥有了较为庞大的粉丝队伍，成员五花八门：有小区晨练的精彩老朋友、麻将室的搭子，也有网上找到的小学同学、绒线店里一道织时髦绒线衫的姐妹，甚至还有只去过一次街心花园里跳交际舞认得的舞伴、网络上教她操作大智慧的股友。所有这些粉丝之所以不约而同聚到她的"围脖"（微博）里，除了阿雯人长得年轻周正、性情快活温和讨人喜外，还有一个原因，就是大家都喜欢吃，并且不用人提醒自然达成共识，清清爽爽AA制，谁也不占谁的便宜。

这样一个五十已过，六十未到，有业刚退，有儿女长大成人不须操劳的群体，男人是极少数，更多的是女人，不知不觉成为这座城市大众娱乐餐饮消费的生力军。那些下午时光有优惠活动的茶餐厅、中午半价的火锅店以及打折促销的新开自助餐厅，都活跃着她们的身影。最近，她们迷上了农家乐。短短十几天，阿雯说她已经实地体验了三处农家乐，结果怎样？阿雯的评价是：失望！以后不想再去了。

仿佛为了印证阿雯判断的虚实，真的就有朋友约我一起去找间农家欢乐一回。

我们驱车一百多公里，天黑后坐上小艇去太湖上一个仅有百来户人家的小岛。小艇在黑茫茫的太湖上行驶了十多分钟，没有渔火也看不到帆影。上得岸来，正想着怎么找到入住的农家山庄，却冷不丁遭遇两个讨钱人。先是船夫，要我们一行三人缴纳船费一百二十元，这是出一趟船的价格，多是多了，但是事先讲好的，也就如数付了。刚走出几步，就又有一女一男拦住去路，说是要买进岛的门票。这样的小岛，连一盏像样的路灯都没有开着，乌漆墨黑靠着岛上几间农家乐客栈里的灯光照亮了行人路径，居然还索要门票，每位八十元。

摸黑深一脚浅一脚来到预订的农家乐山庄。进门一个小院子，院子里有杨梅树，树下一副小桌椅，倒有一点农家小康的意思，只是房子水泥墙砖砌造，地上铺着玻化砖，没有一点点江南水乡粉墙黛瓦的影子。主人引我们去住宿的房间放下行李，然后在客厅就餐。

菜单跟城里所有酒家的菜单差不多，只是装帧差品种少。菜单上有绿色农家生活字样，每一样菜名都冠以农庄打头。而事实上，原本想当然应该是农家自给自足的食物，比如鸡、鸭、禽蛋、猪肉、各色菜蔬、大米等，没有一样真正产自农家，都

细嚼慢咽

是在城里的批发市场买了,由接我们的船从湖的那一端运回来。这样的菜,味道自然也跟我们平时在单位食堂或者城市里的小饭店制作出来的味道一致。要不是空气里弥漫着草木灰的气息,知道这个地方烹饪尚用柴烧,这才确定是来到了农村,我几乎会产生一种错觉,以为自己这是作了穿越,来到了二十多年前上海的某个企事业单位招待所。如此农家,距离我心目中的那个诗意农村实在是相差太远了。大城市周边地区盘踞的无数农家乐,应该大部分都是这等货色。

群里飨宴

十年相约再相会，忙建微群，不问栖何处！今次同学会后，微信群成了另一个可以时时相聚的客厅，每日里的谈资天文地理、时事财经、趣闻乐事、夫妻儿女无所不包，但是最能引起共鸣的话题，居然还是谈吃。天南海北、国内国外，念旧创新。若是做个有心人，差不多一周便可飨一场色香味俱全、三餐茶点夜宵皆备的宴席。

一早，浦东有人晒德兴馆的焖肉面，马上浦西就有人咬着油条捧着豆浆问早安了，有三小时提前量的南半球同学递上一杯冒热气的咖啡小视频，旅居日本的同学则转来一个上海旧年早餐大全——"四大金刚"、阳春面、生煎锅贴小笼包、老虎脚爪条头糕……午餐时间有人晒单位食堂的套餐，有人晒人气馄饨，自然也有人上传自掏腰包请客户吃大餐不忘加个泪水滂沱的表情。晚饭时间的呈现是最热闹的，有忙得只能将就一碗方便面的，也有悠闲地陪家人吃着饭听着评弹的。到了节假日，群里晒出的各种家传待客菜肴更是五花八门，红烧羊肉砂锅、

细嚼慢咽

黄小米蒸肉、宁波三臭、鸡翅煲仔饭、酒香鲳鱼、干锅珍珠鲍……隔空敬酒，互致问候之余，不忘相互恭维烹饪手艺、讨教彼此做饭心得。此时若有在澳洲的同学晒户外海鲜自助，美国的同学晒肉肠烧烤，大陆的同学晒欧游下午茶或者近郊农家乐，收到点赞的同时一定也会被调侃为土豪。往昔上下铺的姐妹和兄弟，似乎又穿越回当年，十数年不见也毫无违和感。

冬至过后一日，群里出现一个如何自制酱肉的帖子。因为是正处夏日的澳洲同学转发的，有人冒泡调侃一句"太监指导性生活呀"，便不见有谁回应了。才几分钟，帖子就沉得不见了踪影。不想一周后，就有人上传一张蒸熟后已切成薄片的酱肉图，并说明："先尝尝腌了三天的酱肉是什么滋味。"未几，便有几十条回帖，有的嘲笑这碗酱肉陈色差，有的指出三日酱腌时间不够，有的考证酱肉最正宗的制作方法，也有提供"三日酱"在蒸熟的时候如何添加其他调料作色味补救的方法。更不可思议的是，居然有许多人晒出自制的酱肉，有的酱色浓郁正晾在北阳台风干，有的还是小鲜肉的模样挤在"酱缸"里入味。

其实，大家都处于忙忙碌碌的年龄，凡事都追求简单。群里的许多人连一般的清洁和买菜做饭的家务活都交给钟点工打理。真要吃酱肉了，物流和资讯如此发达的今天，总有许多种方法可以很方便地买到现成的优质酱肉。可是，因为一个同学语焉不详的帖子，激发起动手的热情，纷纷自己腌制起酱肉来。

这只能说明群的魅力之大。就像小时候，一个人在家玩不了过家家，但小伙伴一起玩，会玩到忘了回家的时间。

接下来还会群体研究和试制盐水鸭腌肝、醉蟹、咸鸡咸鸭以及青鱼干、椒香腌肉，因为快过年了，已经有帖子在怀念小时候吃过的美味。这些过年的看家菜在群里被集体记忆起来，会发酵成怀旧的脉脉温情，足可以让一群理性的成年人暂时抛却繁忙，玩一场自己动手制作腊味的游戏。可以想见，待到除夕年夜时，在这个微信客厅，定将上演一场别开生面的家宴，在这里端出来的每一道菜，都是群里朋友亲手制作的。

细嚼慢咽

当美味渐渐远离

身处影院的黑暗里,看导演哈内克让两位八十多岁的老人演绎病痛与衰老扑面而来的迟暮生命(2013年奥斯卡最佳外语片《爱》),惊觉食物与人生有着这样严酷的关联性。

一切的转变从餐桌开始。安妮做了一顿简单但品种齐全营养丰富的早餐,她的丈夫乔治先坐在餐桌前看报喝牛奶,等安妮清理了灶台,一起享用早餐。他们边吃边有一搭没一搭地聊着儿女、学生、邻居的闲话。然后,安妮没了知觉,乔治惊恐万分,草草收了杯盘放在水池里,然后去找病历卡约医生,坐在卧室想着接下来该怎么办。就在这时,他突然又听到了厨房传来刷碗的水声,是安妮短暂的知觉恢复,一个家庭似乎又续上了往日的生活轨道。但这一刻极为短暂,短到再也看不到安妮在厨房忙碌的身影。接下去昏暗而冗长的日子都是乔治一人在艰难地对付着照顾瘫痪的安妮,没有见他再吃过一顿像安妮那天早上做的周全的饭菜,他做给自己和给安妮吃的全是乱七八糟煮在一起的糊糊。邻居或者钟点工帮助他购买的食物,也全是矿泉水或者速成食品。直至最后，他按照安妮早先的嘱咐，用非常手段帮安妮结束痛苦，然后他自己躺到床上准备自杀。他先缓缓地喝一瓶矿泉水，然后抱一只饼干听，吃上几片饼干，最后选择让自己渐渐饿死。食物，在这里就像是一种隐喻，它美好的时候生活就是美好的，它糟糕的时候生活就狼狈不堪。不再讲究食物了，不再追求味觉了，生命也将走到尽头。

这种味觉与生命的关联性演绎，其残酷的一面是烛照了我的至爱亲人——我的父辈们，包括我的父母和丈夫的父母的真实人生。跟所有的子女一样，在我们的眼里，父母似乎永远不会老，哪怕他们求医问药、住院开刀，只要他们还在厨房忙碌，就会理所当然地对他们做的饭菜评头论足——淡了咸了、生了熟了。偶尔表表孝心，带他们外出吃饭，点了一桌的菜，最后会奇怪爸妈怎么改了口味，以前喜咸如今居然嗜甜。曾经无辣不欢，现在连蒸鱼上一点点增色的鲜剁椒汁沾到饭粒儿上，都能够呛得咳上半天。不久前还在谈论烤鸭的好滋味，真把刚出炉的烤鸭放到他们面前，却道老鸭煲更好。于是，常常听到饭桌上的兄弟姐妹或者儿孙辈们嬉笑：若点了老鸭煲，说不定又想老母鸡汤或者干脆青菜豆腐羹好了。有时候，还会恼怒父母老了，日子空闲了，反而越来越懒惰了。从前一条鱼可以做出四五种不同口味的菜，如今四五种不同的鱼做出的是一个味道。曾经用十几种食材做一道如意什锦，都不嫌其烦地各个分开做

细嚼慢咽

了,再合一起,做得流光溢彩,好看又好吃,如今无论多新鲜的菜都做得乌里乌苏糊达达,更叫人生气的是还常常用速冻食品回热打发日子。

现在想来,他们的味觉感知力可能在我们第一次埋怨他们做菜变咸了,或者他们第一次觉得做饭做菜是一件负担的时候,就开始渐渐变弱了,就像煤气灯时代,黎明到来,点灯人将街灯一盏盏熄灭,走在阳光里的人却木知木觉。他们是灯,我们是黎明。每一场突袭而来的疾病,每一颗换上的假牙,都带走一盏他们的美味之灯,那曾经点亮我们生命的灯火,如今我们只能无奈地看着它渐渐黯淡下去。这要守守不住、想留留不下的终极缺憾,岂是一句常回家看看所能了得。所以,趁着味觉好,就多品尝美味吧,哪怕只尝一点点。趁着体力好,就认真地做好每一顿饭吧,不光为自己,也为自己爱的人。人生只有一次,实在需要珍惜。

菜尖之美 /

　　一定要是主菜薹的尖，不能是侧菜薹的尖，该算是菜尖中的菜尖了吧。吃这样的菜尖，只好大热油锅煸炒。它水分比其他菜尖少，翠色比其他菜尖深，口感比其他菜尖糯，香气比任何菜尖足。

细嚼慢咽

我们胃里的蛋白酶

以前看韩国电视剧《大长今》，看到古代朝鲜的宫廷里有专门管酱缸的女官（尚宫），觉得非常好笑。就那几只酱缸，在中国，恐怕几个村妇便能搞定了吧。又见大长今学做所谓美食，基本上就是在一大锅的水中，放入一大勺酱，再将切好的其他蔬菜，如：萝卜、白菜（特地强调是大明皇帝送的，表示很珍贵）、香菇（这个有点存疑，不知那时有没有香菇）以及煮过的牛肉切片——放入其中。最后端到皇帝手上，得到点赞（点头称赞），算大功告成。于是，我对朋友说，韩国料理实在不算高明，一锅酱油汤乱炖，也能算绝世美味？没想到朋友那几天也被长今迷住，比我看得还仔细，听我言，赶紧驳斥：哪里谈得上酱油汤，仅大酱汤而已。言下之意，若真是酱油汤，应该比大酱汤还要高级。

作为一个吃货，日常里是会在一切与美味相关的事体上多个心眼的。为了确证酱油要比大酱更加美味，我专门到将中国的制酱和酱油酿造技术继承革新、发扬光大的日料中去比较。

先比较超市中的日本大酱和酱油的价格，总体上来说大酱便宜酱油贵。再看品种，大酱的品种少，不外乎白酱、黄酱、赤酱，而酱油的品种多达数十种。再去日料店品尝，大酱在这里被叫作味噌。想到日本人使用汉字的规律，顾名思义就是增加味道口感吧。不过这味噌在制作日料的时候用途比较单一，主要用来煮物，而酱油的用途可就相当宽广了，蘸、煮、煎、拌，几乎无处不在。即便同样用来做汤，大酱汤（味噌汤）的滋味是固定的，但是酱油汤却可以千变万化，只要酱油的品种不同，只放一味酱油做调味的汤也生出不同的味道来。酱与酱油的这种区别，源于酿造的技艺、工序和目标的差异。

　　大酱或者味噌，只是用大豆和麦加盐发酵而成。酱油的酿造要复杂得多。它用的原料与酱一样，是植物性蛋白质和淀粉质，但必须是榨油后的豆饼，或溶剂浸出油脂后的豆粕；淀粉质原料要采用小麦及麸皮。制作的时候，这些原料要经蒸熟冷却，接入纯粹培养的米曲霉菌种制成酱曲，再把酱曲移入发酵池，加盐水发酵，待酱醅成熟后，以浸出法提取酱油。制曲的目的是使米曲霉在曲料上充分生长发育，并大量产生和积蓄所需要的酶，如蛋白酶、肽酶、淀粉酶、谷氨酰胺酶、果胶酶、纤维素酶、半纤维素酶等。这些酶在发酵过程中形成酱油的味。如蛋白酶及肽酶将蛋白质水解为氨基酸，产生鲜味；谷氨酰胺酶把无味的谷氨酰胺变成具有鲜味的俗谷氨酸；淀粉酶将淀粉

细嚼慢咽

水解成糖,产生甜味;果胶酶、纤维素酶和半纤维素酶等能将细胞壁完全破裂,使蛋白酶和淀粉酶水解得更彻底,也使酱油的鲜味更加细腻、质感更加清澈。因此,从工序来看,酱油应该是从大酱提取的精华,它给食物增加鲜味的能力也更加强大。一锅汤做成味噌汤,要放一大勺大酱,做成酱油汤,只要一小勺酱油。

人体是弱酸性的,用大酱或者酱油养成的东方肠胃,内部的蛋白酶环境大概与用奶酪、黄油养成的西方肠胃不一样吧,不然,为何去到西方一年半载的中国人,总惦记着家乡味道,以至于最后让中餐馆遍地开花了呢?这是胃里的蛋白酶在作怪呢!

从醯醢到豉汁

在中国人的调味中,酱油的重要程度恐怕不次于盐,有时甚至比盐重要。食物里放盐只是为了有点咸味,放酱油不仅可以增加咸味,更重要的是还增加了风味。豆腐算最平凡、最淡泊的食材了,加盐只是告别寡淡而利于下咽,若加了酱油,特别是好的酱油,就会转化为美食,变得非常鲜美。同样的,一碗白开水,加了点盐就是盐开水,依然是开水,根本无法佐餐。但是若加了酱油,就变成酱油汤,虽然还是一碗水,但是,毕竟已经称为汤,可以用它下饭了。

为什么酱油会有如此魔力?从"酱"字来考辨,大略可见端倪。

许慎《说文解字》云:酱,盐也。从肉,从酉。酒以和酱也。爿声。翻译成白话就是:酱,加盐的肉酱,因字形采用"肉、酉"会义,采用"爿"(通墙音)作声旁,指经过加工加入酒等腌制后的肉酱。参考"酱"字出现的文献,举《周礼·膳夫》"酱用百有二十瓮",《论语》"不得其酱",《礼记·内则》

细嚼慢咽

"濡鸡醢酱,濡鱼卵酱",其中"濡鸡醢酱"之"醢"(音 hǎi),指将动物的肉剁成泥再经发酵生成的油,这个字还与另一字"醓"(音 tǎn,意为造酱时加入了动物血液)一起组成词,出现在上述典籍同时代的《诗经·大雅·行苇》中,有"醓醢以荐"一句,随后常为后人所用,意为用动物的肉剁碎加盐发酵后制成的调料。这"醓醢"恐怕就是最为原始的荤"酱油"了,尽管周朝的时候还没有"酱油"一词。

许多世纪以后,用大豆做主要原料酿造酱油应该是古"酱"或者"醓醢"的换代升级。曾协助李约瑟编撰《中国科学技术史》的黄兴宗认为,《齐民要术》所云"豆酱清",可能是酱油的前身。真正出现酱油这个词,是南宋林洪所写的《山家清供》。其中有"韭叶嫩者,用姜丝、酱油、滴醋拌食"的记述。如果怀疑此酱油非现今所谓酱油,那么元代陶宗仪《说郛》所收宋人著《浦江吴氏中馈录》,已经有了非常具体的使用酱油的菜谱。吴氏"脯鲊·醉蟹"一节,有"香油入酱油内,亦可久留不砂"。他描述的做醉蟹的方法:"糟、醋、酒、酱各一碗,蟹多,加盐一碟。"虽只提到酱而不是酱油,但考虑古时人工抄录有误,再联系上文所述保存酱油之道,那么吴氏所记用于醉蟹的一碗酱,应该就是酱油而非如今的大酱。饮食习惯是所有文化基因中最为原生态、最为强健的基因,美食制作的技艺有极大的传承性。时隔上千年,吴氏醉蟹的配方与现在上海人做醉蟹的方法不相上下。网上随便搜一个自制醉蟹的方法，即出现如下说明："材料，二两左右的小雌蟹；配料，生抽、白酒、姜、花椒粒、糖。"与浦江吴氏的记录对照，只是多放了少许糖、姜块、香料，更加考究而已。无独有偶的例证，是吴氏在"蒸干菜"中描述的方法，"晒干，用盐、酱、莳萝、花椒、砂糖、橘皮同煮，极熟，又晒干，并蒸片时，以磁器收贮"。这与现今苏浙一带制梅干菜放酱油的方法也相似。另一个可以佐证的是《吴氏中馈录》还记有"水豆豉法"："好黄子十斤，好盐四十两，金华甜酒十碗，先日用滚汤二十碗充调盐作卤，留冷淀清听用。将黄子下缸，入酒入盐水，晒四十九日完，方下大小茴香各一两，草果五钱，官桂五钱，木香三钱，陈皮丝一两，花椒一两，干姜丝半斤，杏仁一斤，各料和入缸内，又晒又打二日，将坛装起。"这水豆豉的制作程序近似于如今的加味酱油，比如草果豉汁之类的。连这个都能做，宋人所言"酱油"应该与今日之"酱油"概念基本一致。唯一不能确定的是，这酱油中有没有荤的食材入制。不过，原始的荤类食材制酱油的方法，在今天的中国、东南亚和日本依然延续，比如鱼露、虾油露、鲣鱼汁等，都是加工酱（动物或植物原料）和豉（单指大豆原料）得到的酱汁混合体。吴氏所指酱油如果在制作过程中加入了荤的食材也很正常，这不妨碍那个时候酱油作为调料的存在。

细嚼慢咽

我们的祖先在几千年前就掌握了将动、植物蛋白经过腌制，发酵生成酶和各种氨基酸的方法。这养成了中国人迥异于西方人的对"鲜"这种复杂微妙味觉的敏感度。这种敏感度，为我们平添了美食享用的种类和口感层次，增进了食物的浓郁诱人色彩。这是一笔巨大的非物质财富。

生抽和老抽

除了佐餐酱油，厨房中还需要备有生抽和老抽酱油。生抽和老抽都是酿造酱油，以脱脂大豆为原料，接入曲种，天然露晒发酵而成。生抽色淡味咸鲜，用来炒菜或做汤，色泽清亮。老抽是在生抽的基础上再经过更长时间露晒，加入焦糖色而成，味道有点甜，用来红烧，上色浓郁。

吃酱油

在南方人的餐桌上，没有酱油几乎是不可想象的。用酱油红烧的鱼、红烧的肉，用酱油腌制的鸡和鸭，用酱油凉拌的黄瓜、萝卜，用酱油熏制的鸡蛋、黄豆和青笋。糖醋汁不放酱油不入味，白灼的时蔬不淋点酱油根本无法下咽。哪怕笃一锅蹄髈汤，烧一只白斩鸡，炖一副清汤牛腱，也得配一份放了麻油白糖和其他香料的酱油汁作蘸料，不然那些白煮的肉食吃不到两三口就会反胃。这样的酱油情结，让有些习惯吃清炖食物的北方人总是惊讶，南方人就这样喜欢酱油！

有一次，在内蒙古的一个小县城里，一桌的牛羊肉，有炒的，有烤的，也有白煮凉起切片的，桌上放了各种香的辣的调料，但都是粉末状，辣椒粉、胡椒粉、小茴香，就是没有酱油。一桌吃饭的除了我和我的儿子，都是北方人。大家都吃得很香，唯独当时还是小学生的儿子提出要一碟酱油，结果服务员回复说店里没有酱油。看到孩子失望的样子，同桌都笑说南方人就是喜欢吃酱油的，有一位女士甚至很有点傲娇地说，我是从来不吃放酱油的菜的。似乎放了酱油，就不够大气上档次似的。可偏偏孩子不买账，举出最最典型的多此一举又不可或缺的上海人吃酱油的招数：你们吃油条过白粥的时候，也不蘸酱油啊？结果引起哄笑：小朋友啊，油条本来就咸的，你再蘸酱油吃，不咸得慌！

可上海人就是喜欢吃酱油！打小看父亲油条过白粥，还就是要蘸点酱油才够味，虽然他吃口偏淡，油汆豆瓣花生果肉不撒盐，只一点刷油锅炒熟的苔条屑相伴即可下酒下泡饭。到了夏天，俗话说小葱拌豆腐，算是一道一清二爽的凉菜，可我家这豆腐拌得都得滴上几滴酱油才算完事。

这种吃酱油的习惯我家不算个例。朋友的一个外甥，居然不吃不放酱油的菜。一年夏天，这孩子寄居姑妈家。只要没有酱油烧的菜，便不吃饭，或者只吃一点点。孩子的姑父虽为上海人，但曾经十多年生活在大西北，口味已经相当西北风，觉得这男孩对酱油的依赖近乎病态，便设法加以矫正。每当孩子提出要将所有做好的菜蘸酱油吃，他就到厨房拿出一大瓶酱油"咚"一下放到餐桌上，然后和蔼地说，蘸不可以，但你可以喝。孩子当然想象得到喝酱油是啥滋味，便隐忍下来。一个暑假过去，他再不提酱油两字。

在食物严重匮乏的时候，酱油还可以越俎代庖，直接充当下饭的菜肴。比如比我年长十多岁的一代亲戚，都曾经回忆过插队落户的时候，没有菜，冲一碗酱油汤做菜都是奢侈享受的经历。起先我不怎么相信，因为酱油如此便宜，用一小勺兑水，怎么可能算奢侈？直到有一次，父亲的一位下放在贵州的同学回沪探亲，被请到我家吃饭，他感慨于桌上菜肴的丰盛，说我父母给他寄去的固体酱油他都舍不得吃，有时实在没菜的时候，拿来舔一舔下饭。对在这样窘境中受困的人，酱油或许真的是奢侈品。

无独有偶的是，前几年朋友的孩子在意大利留学，在异国他乡，没有了父母的宠爱，他很快学会了自己料理生活，包括做牛肉番茄汤和意大利面。但是，学业紧张进入考试季的时候，他也用酱油汤淘饭对付晚饭。朋友虽然怜子心切，不过说起这酱油淘饭，倒是颇有为儿能够吃苦耐劳感到骄傲的意思。

佐餐酱油

国家标准规定，佐餐酱油每毫升检出的菌落总数不能大于30000个，标准高于一般烹饪酱油。所以用来凉拌和做蘸料的生吃酱油，必须选择佐餐酱油才更卫生安全。酿造、低盐、每100毫升氨基酸态氮含量不少于0.8克，是选择佐餐酱油的标准。这样的佐餐酱油吃口自然、健康、鲜美。

细嚼慢咽

当乳酪遇到腐乳

中餐与西餐，去掉那些被地域文化背景特别诠释过的，最具有对立统一色彩的食材就属两种"乳"了：乳酪是动物乳蛋白与脂肪的浓缩，腐乳是大豆植物蛋白与磷脂的浓缩。两者加工工序中最重要的环节都是发酵，经过发酵以后，因为分子结构的改变，这两种食材的营养成分都比它们的原生形态更容易被人体吸收。所以它们都是人类的好朋友，尽管一个来自动物，一个来自植物。按理朋友的朋友自然也是朋友，但是这两种不同的发酵蛋白食物各自的粉丝团在最初相遇的时候，往往是彼此竭力排斥与贬低的。

曾经看到演员沈丹萍在电视上说她跟德国丈夫乌韦之间发生的一些文化小冲突，其中有一条，就是关于乳酪与腐乳的。沈丹萍说，乌韦最反对她在家里吃中国酱菜，像腐乳什么的，乌韦觉得这东西是臭的，闻着就想吐。沈丹萍好像是扬州人，扬州酱菜非常有名，其中就有腐乳。让一个从小在扬州长大的女孩不吃酱菜，就好像叫一个老北京人不吃豆汁，叫草原上的人不喝奶茶，那几乎是一件不可能的事。反过来沈丹萍也根本不能接受乌韦喜欢的乳酪，记得她说，其实他们德国人吃的乳酪才是真正难吃的呢，酸兮兮臭烘烘的，跟黄油什么的放在一起，咬上去像肥皂。

沈丹萍是上世纪80年代最早与外国人结合的中国名人。那时候，因为长期封闭，中国人见识少，大多数人对外国的食物都是这种态度。三十年后的今天，连一般的小学生吃匹萨都知道可以加双倍乳酪味道香。早餐的三明治中，除了蔬菜、鸡蛋、培根，黄油乳酪往往也是少不了的角色。中国人对乳酪不仅不反感，甚至是欣然接受了。有一次，在上海飞往瑞士的航班上，飞机快要到达苏黎世的时候，乘务员给大家送上最后一份简餐，是一个加热过的裸麦面包和一大块瑞士产的长毛的干酪。前后左右的邻座都是中国人，起先大家对着餐包面面相觑，然后全都微笑着互相模仿：将热面包中间剖开，涂上黄油，再将乳酪块夹在面包里。温热的面包将麦香、黄油香和乳酪香裹挟融合在一起，一口下去，又分明感觉到面包的松脆、乳酪的滋腻、黄油的润滑三种不同的口感，以及面包中的胡椒味、乳酪中的浆果甜酸味和黄油的微咸。乳酪表层那灰色的霉菌丝体，有人用刀将其刮除，有人一起吃下肚去，也不见有大惊小怪的反应。

不过，西方人对中国的乳腐或者说腐乳，似乎就没有那么宽容了。有朋友嫁与老外，天天随丈夫吃他家乡的饭菜，不是

细嚼慢咽

生菜色拉,就是乳酪焗饭,烤鸡排、鱼排的,半年吃下来,体重见长,心情却不见宽慰,全因思念中餐的缘故。一日,她在超市购得一瓶绍兴醉方,乘着下午丈夫尚未回家,兴致勃勃做了一小锅米饭,踏踏实实地享受了一顿,然后,在丈夫回家前,将那瓶腐乳的盖子盖好拧紧,存放到丈夫看不见的地方,打算隔几日再找机会享用。没想到,她丈夫回家一进门,就满脸狐疑,东找找西嗅嗅。最后嗅到她身上,大惊失色,道:"亲爱的,你想吃苹果我们可以去买,为什么去吃烂苹果呢?"

朋友是有口难辩,羞愧难当,第二天,就悄悄将那瓶腐乳扔掉了。从乳酪和腐乳的不同遭遇,至少看出一点,中国人的胃比起大多数西方人来,似乎更能够接受新食物。什么时候,我们的腐乳能像洋人的乳酪被我们接受一样,也悄然爬上洋人的食单,那才算中餐真正的胜利。

火腿，火腿

自从我在自己最信任的购物频道下了伊比利亚火腿订单，身边人关于火腿的论战便开始了。

好吧，我先得承认，自己是火腿控。生在上海这座移民城市，从小就被遍布于各类大小食品店的南货柜台所吸引。这些南货柜陈列的食材品种可多可少，可粝可精，可凡可奇。但是，有一样食材是不会缺少的，那就是火腿。火腿是百搭，可以跟任何食材为伍，也是老怪，每一样食材只要搭上火腿，风味指数立刻升级，自动取得艳压群芳的姿态。所以，无论身处贫困还是小康，食物匮乏还是丰富，只要家中有火腿，哪怕只是一小片，日子就华丽起来。炒青菜多么平淡，若是清水焯一下切细，将一片薄薄的火腿切成丝拿来与之油盐相伴，平淡就化为隽永。

因深谙火腿的意义，待到结婚成家，独掌家庭伙食大权的日子，火腿就成为开门七件事外必备之第八件事。家里的火腿品种也从金腿（金华火腿）延伸至云腿（宣威火腿），在朋友的

细嚼慢咽

引荐下甚至接触过烟熏椒香的湘腿（湖南火腿）和川腿（四川火腿）。不过，无论什么品种的火腿，作为中式食材，要在中国菜肴中体现自己的价值，大抵还得秉承温良恭俭让的文化传统，要将个体价值融入群体主义中，小我融入大我中。价格再昂贵也不能突出自己，作用再大也要做到羚羊挂角无迹可寻，很低调地做着别的菜的提味调料。像闽菜佛跳墙和粤菜煲翅羹断断少不了金腿，但几乎看不到金腿的踪影。云南讲究的过桥米线和汽锅鸡也总要入云腿，但那云腿也是若隐若现的。否则若湘腿或川腿倒是可以蒸腊三样（跟腊鸡腊鸭一起放笼屉里蒸），可是味道太咸了，而跟其他菜一起炒或者煲，味道又太冲了。这类火腿不能够很好地与其他食材相融合，所以在火腿圈子里很难声名远播建立崇高的江湖地位。

被各路厨师崇尚的金腿或云腿，即使偶尔要表现自己的尊贵，也要兜兜转转不直接以真面目示人。像纯金腿做的蜜汁火方，经过数十小时三四道工序的加工，端出来的时候，乍看上去就像一般的烧肉。云腿也只有做成饸饸火夹，或者放饭上蒸跟饭一起吃才致味。

恐怕也因为火腿的这种秉性，家里人向来抬举我用火腿成就的菜，如火腿鸡汤、火腿蒸鳜鱼、火腿炖蛋、火腿煮干丝、火腿烧冬瓜等，但不认同火腿本身。每每打开冰箱，或要存储自己的饮料，见到我里三层外三层包裹严实放里面的火腿占了好大一块地盘，便要发出诘问：火腿究竟有什么用啊？现在，他们看到我居然购买了在他们看来价格不菲的外国火腿，不免更加狐疑，家里的火腿尚且没有吃完，怎么就又买上了外国火腿！个中表情不说也能够让我感觉得到，我成了失去理智的购物狂。

问题是，火腿跟火腿能一样吗？更何况是出身种群完全不一样的两种火腿。

细嚼慢咽

西腿与中腿

埃斯特拉农场有"牧养"和"橡果喂养"两种火腿切片，分装为两个一百克的包装，要价居然要二百多元。不过无论哪一包，都在透明包装处显现着伊比利亚（Iberico）上好火腿的特征。火腿片密布着大理石纹般美丽的油花，肉色殷红带点点紫，油脂较多的部位带粉白的玫瑰色。

我先将密封的包装袋放在开水里浸烫几分钟，让凝结的油脂遇热稍作融化，然后剪开包装，将肉片一片片摊开码在盘子里。因为刚刚开封，压缩在真空袋里的火腿未及氧化还原，没有一丝香气，冷眼旁观的家人未免露出不屑：就这还值二百多？

大概二十分钟后，等到醒好的红酒倒入酒杯，全麦法棍烘烤得香气四溢，一缕淡淡的肉香便若有若无地在餐桌上飘荡了。

吃生火腿片，对中国人来说是不寻常的。我们的老祖宗传承下来的饮食之道便是大部分食物，尤其是动物的肉，都要经过烹饪煮熟才可安心吃到肚子里去。在过去没有抗生素没有现代医学的环境里，吃熟食让中国人避免许多病从口入的危害，将子孙繁衍得如此众多。但是，品尝这些西班牙生火腿片却一点也没有"夹生"的感觉。它不腥，尽管凑近了看，还能看到火腿的纤维间有白色的点状颗粒，似霉菌的斑点，然而因为事先做好了功课，知道这是火腿在发酵过程中产生的"酪氨酸"结晶，是伊比利亚火腿高品质的象征，所以特地挑了有这些美味斑点的火腿片叫家人品尝，得到的反应是"很有咬感"，脂香浓郁而不腻，用来搭配干红葡萄酒。由于有了葡萄酒果香的烘托，衬出这火腿片中有点橡果的香味，而这恰恰是伊比利亚火腿最为出众的地方。

伊比利亚火腿使用的材料是当地产的"黑脚猪"，这是地中海猪种与非洲猪种经数百年自然交配衍生出的特殊品种，比一般白猪脂肪多，而且脂肪都能够均匀地分布到肌肉间。这些猪在出生的第一年，要圈养并喂食谷物和乳制品。隔年长到一百公斤左右，正好是秋天，伊比利亚山上的橡木果子这个时候成熟。这些一年生的猪便都被放到山上，让它们自己找橡果吃，让橡果丰富的营养促其增肥。等到猪的重量超过放山前的一半，就可以成为顶尖伊比利亚生火腿的材料。中国的云腿和金腿曾经也讲究用特定的猪种，比如金腿用两头乌的猪种等。但是，我们没有伊比利亚火腿制作过程中那么严格控制的标准和特定产区，所以也就没有了稳定的质量和口感。买中国火腿仿佛抽签一样，同样价格好坏不一。但伊比利亚的火腿却可以在一个

细嚼慢咽

相当长的时间里保持相同的口感。好在中国火腿做调料的成分多，口感不必那么细腻。而伊比利亚火腿如果不用来生吃火腿本身，吃的时候细细体会每一丝火腿片肌理的口感，实在想不出来怎样的吃法才算对得起这么精心喂养的一头猪。正因为这样，西班牙还衍生出了一种含金量很高的职业——火腿切割师。一个合格的火腿师要学艺五年以上。好的火腿师带有明星相，常常走穴，受邀在各种宴会上做切火腿表演，收入颇丰。

拿伊比利亚火腿与中国的火腿比较，中式火腿是贵材贱用、大材小用，再怎么昂贵基本上也是做了别的食材的调料，即便那些食材本身什么味道都没有。这就好比中国封建时代的士，多么才高智深终究还是帝王将相豪门贵族的门客。不然你以为蜜汁火方等少数几个突出火腿自身的菜为什么做得那么辛苦纠结？明明已经成了火腿还要千方百计去除"火"（腌制的咸与熏）味？那是不得志的门客一声"长铗归来乎"的自怨自艾。

伊比利亚火腿算是适才是用，所有的制作过程以及摆上餐桌、被享用的方式，都是为了凸显作为一条猪腿成就佳肴的全部美丽。就张扬个性这一点，还是伊比利亚的猪腿比较有福。

蚕豆花儿开，奢吃嫩蚕豆

立夏一过，豆荚出黑，一年中吃嫩蚕豆的时间眼看就要过去了。在这个反季成常态的时代，冬吃冬瓜，春咬鲜藕，黄瓜、丝瓜、茄子、西红柿甚至红绿米苋和豇豆，几乎一年四季都摆上餐桌。赶季吃嫩蚕豆这样普通的习俗倒成了一件比较奢侈的事。

说奢侈，是因为嫩蚕豆最好吃的时间非常短。老电影中有一首歌流传甚广，"九九艳阳天……蚕豆花儿香，麦苗鲜。"按理应该是蚕豆花儿落了豆荚才饱满起来，才能有荚果蚕豆吃。但事实是，在蚕豆花开到最旺的时候，花儿底下那不太饱满的豆荚中裹着的蚕豆，吃起来才最最鲜嫩美味。自这一刻，一直到立夏过后两周，嫩蚕豆以一天一个价连跌的速度，奔着它老而弥坚的前程而去。

蚕豆花儿刚开放的时候吃嫩蚕豆，不仅昂贵，十多块钱买一斤带豆荚的蚕豆是平常事，还要有"吃你的壳还你的肉"的心理承受力。只要剥开这修长鲜绿的豆荚，你会发现躺在里面

细嚼慢咽

的蚕豆像一个不足月的小婴儿，瘦弱，幼小，显得豆荚特别厚，特别空。一斤豆子的分量差不多七成多是荚，三成不到是豆。真到锅里炒的时候，豆香微弱，吃到嘴里，豆皮虽薄，但豆肉几乎可以忽略不计，光剩下嫩皮涩涩的清香了。但有的人就是喜欢这青涩的淡泊味。所以这个时候蚕豆再贵，几乎每个菜场的每个摊位都可以见到囤量不多的蚕豆有卖。尽管十几块钱能买到的是要扔掉的七两豆荚和三两不到的嫩豆子，卖主还一副爱买不买理直气壮的样子。若非家财丰厚，或者馋痨到非吃不可不吃要疯的地步，一般这个时候即使买来这样的蚕豆婴儿，也不会单纯满满一碗清炒蚕豆吃。我吃过用这种小指甲盖一样大小的幼豆炒虾仁，豆的青涩味抵消了虾仁的一点点腥。我也用这种嫩豆子焯水后和新土豆丁、胡萝卜丁、笋丁氽烫熟，拌成色拉，色彩鲜艳，清甜可口。最让我诚惶诚恐的是一次朋友请吃饭，在一家开在淮海路写字楼里的潮州馆里，中餐西吃，头盘内搁有半掌大小一个小瓷碟，里面的食物看上去碧绿生青，却不知是什么。待到放入嘴里吃到快咽下的时候，舌根回出一点点清香，是蚕豆味！就是蚕豆！

　　店经理解释说，这是用刚刚在荚里萌芽的蚕豆做的蔬菜色拉，不过没有用色拉酱，只是用了一点点色拉酱油。这蚕豆看上去只有荷兰豆肉瓣那么大，怪不得我不认识。一碟这样的蚕豆要用去多少豆子！这是我所见到的嫩蚕豆最极致的年华，吃这样的食物，心里会升腾起一点点暴殄天物的不安。自此之后，凡看到蚕豆花上那两点紫黑色，都觉得是瞪着我的蚕豆的眼睛。

嫩蚕豆

新鲜蚕豆中的奢侈精品。取只有小指甲盖大小甚至更小的新鲜蚕豆瓣儿，用淡盐水氽烫好，用来拌各种风味的色拉，翠色鲜艳，清甜可口，在阳春三月，才不算暴殄天物，对得起造化好时光。

细嚼慢咽

蚕豆花儿香，不吐蚕豆皮

其实蚕豆花没有特别的香味，只是到了九九艳阳天，一片地里的花儿都开足了，有那么一点点自然清新的花草气罢了。那时，翠绿的蚕豆荚开始圆鼓起来，又未到完全成熟饱满的地步，荚壳内壁厚厚的茸毛，若少男少女额角上稚气未脱尽的残存胎毛，有丝绒一样的光泽。豆荚包裹着的豆果儿也有如少年般青涩周正，豆脐线清白，果肉脆嫩多汁。这时候的蚕豆用来做炒菜最为适宜。餐馆中多有将蚕豆去皮变成豆瓣的。由于水分多，豆瓣色青肉嫩快炒不起沙，可以充当众多炒菜色香俱佳的配菜，比如豆瓣炒虾仁、豆瓣炒百叶、豆瓣炒西芹百合或者豆瓣炒南瓜百合，等等。反正任何食材因为加入了平凡却鲜嫩的蚕豆瓣，便顿时增添了春末时节清新而略带慵懒的特质。杭州菜中一味小炒皇若在春季，里面大都会点缀一些绿色的蚕豆瓣的影子。不过，要说最博众口欢喜的，还是葱花蚕豆。

江南人的餐桌上，清炒蔬菜用到香辛料调味的屈指可数，米苋和茄子用蒜瓣和姜是为了解毒，而炒嫩蚕豆用到葱花可能纯粹是为了口味。比如鲁迅《社戏》一文中写得最动人的一笔，就是孩子们赶社戏回家，夜半船过六一公公的蚕豆地，孩子们纷纷上岸采摘蚕豆，然后就在船上生火用河里的清水将豆煮熟，用手夹着撮盐吃。在鲁迅的心目中，这盐撮清水蚕豆的味道胜过母亲亲自下厨炒的蚕豆。但大多数时候，用葱花炒嫩蚕豆味道更好已成共识。不然，何以菜场里卖蚕豆的都不约而同地会送买者一把葱，就像卖米苋的送蒜、卖大闸蟹的送姜醋一样？

真的，蚕豆放不放葱，结果大不一样。论色，放了葱花，虽然葱豆一色都是个绿，但这绿就有了层次，变得立体。论味，葱和蚕豆分开时，葱就是葱，蚕豆就是蚕豆。但两者一旦结合，发生的是化学反应，蚕豆似脱胎换骨，其味若荤。我有一位无肉不欢的朋友，每到嫩蚕豆上市，一盘葱花蚕豆，便可以叫他忘了肉味。他不光一人可以吃掉大半海碗的豆，还用漂着葱花的汁淘饭，非常适意地打发一顿饭去。

炒葱花蚕豆有讲究。有人先将葱花在热油锅里爆香了再入嫩蚕豆炒，待豆色略变，少数特别饱满的豆有绽皮的迹象，再放适量的水盖上锅盖焖，多数豆开始绽皮时，入盐，少许糖，再盖上锅盖着味和略收一下汁，一道香喷喷、绿油油、皮嫩肉酥的葱花蚕豆就成了。也有人是在起锅前入葱花翻炒的，这样看上去漂亮。我母亲交给我的方法是兼两者所长，先将少量的葱入油锅爆香，而且要爆到葱略略有点干焦的程度，然后入蚕

细嚼慢咽

豆炒。这样厨房里排出的炒蚕豆的香气隔几层楼都能闻得到。起锅时再撒上鲜葱碎。于是,既得了油爆葱的浓香,又得了鲜葱的清香和青翠的颜色。所以我们家从来不说炒蚕豆,只说葱爆蚕豆,而且,一盘油绿的蚕豆间或有几星绿里带黄黄里带焦的葱粒,看上去也更加诱人。这里面还有两个关键,一是盐和糖不能先放,一定要在皮绽豆酥时才放,否则豆皮会收缩显老,豆肉也烧不出酥糯的口感。还有就是盐和糖的比例。太淡太甜豆不香,太咸糖少豆皮涩。

到了我外婆那里,连吃蚕豆都有说道。吃这种没有锈(就是变黄变黑)豆脐线的嫩蚕豆,她老人家是不许我们吐豆皮的。她说一粒豆一灯火,只有连皮吃才去火。她还说一年中蚕豆也就这一点点时间这一点点的嫩豆是可以连皮带肉地吃,别埋汰了。我们有时反驳她,若生的时候就剥了皮光用豆瓣那又如何?她说这个可以。因为食材到没到锅里是一个重要的界限。没到锅里是植物,到锅里做成了菜是食物。是食物就应该能吃的都吃下去。

葱爆蚕豆

锅内倒入大豆油或菜籽油适量,先将葱花在热油锅里爆香至少许略有焦黄,入去荚带皮豆脐线青的蚕豆煸炒。待豆色略变深,少数特别饱满的豆有绽皮的迹象,再放适量的水盖上锅盖焖,多数豆开始绽皮时,入盐,少许糖,再盖上锅盖着味并略收一下汁,撒上新鲜葱碎,翻炒起锅。一碗香气扑鼻的葱爆蚕豆就成了。

初尝新麦

收到朋友送来的快递，体量不大，分量很沉。正是端午时节，猜想应该是粽子吧。打开一看，大大出乎意料，居然是装在透明塑料袋里的四袋粉，每袋大概一公斤的样子。连一点说明都没有。米粉？面粉？正在狐疑，朋友的短信跟来了："崇明自家地里种的麦子，不打农药，不施化肥，刚刚收上来，粗轧的面粉，口感较新鲜，尝尝。"

"怎么弄来吃呢？"我们知道当下有机作物的贵重，但都是生在江南人家，自小吃大米长大的，摆弄过的面制品也就是馄饨皮或者切面什么的，那也是成品面，连饺子皮都没有自己擀过。先生说他小时候倒是买过富强粉（现在想想，就是全麦粉），其中的一个用途，是给母亲糊鞋底硬衬用的。现在有那么多好面粉放在面前，怎么做才不算辜负呢？

"真是好人家养大的，连面粉都对付不了。"朋友大概看出我们的无奈，不无揶揄地短信告知新面粉的用途和做法，"那颜色有点灰的是全麦可以做面包，当然先弄个面包机；颜色白的可以做蛋糕，前提是有烤箱；可以和成面团擀成面皮做切面或饺子皮，估计你们不会也不愿意麻烦；最简单也最能体现有机新碾面粉味道的，就是调成糊，摊成面饼。"最后还加一句，"因为是有机面粉，没有任何添加剂，而且是新粉香气足，容易招虫。尽可能在短时间里吃完。"

毋庸置疑，赶紧选择最省事儿的摊面饼咯。

先在脑海里搜寻一番，印度飞饼，山东烙饼，台湾手抓饼，算得上是比较有人气的面饼榜样，都各具特点。印度飞饼有韧性，山东烙饼比较脆，台湾手抓饼油酥味浓。在不用酵母发面、不用手抻手擀的情况下，那摊出的饼应该是介于这几种面饼之间吧。

我试着将几勺麦粉舀在大碗里，入一点点盐，几勺色拉油，两根葱碎、三只鸡蛋，调成较厚的糊。还准备了卷煎饼果子常用的油条、黄瓜丝、肉松和甜辣酱等。然后将铁锅文火烧热，锅底涂一层食用油，放入一大勺面糊，用不粘锅铲一点点向四周摊薄摊匀，待到面色变白，水分蒸发，面饼可轻易移动，翻面，如此几番，饼色发黄，香气溢出，一张有点像飞饼、有点像烙饼、有点像手抓饼的面饼就成了。

第一张饼撕成几片让在场的家人品尝，都说有一种特殊的香气，虽然放了一点点盐，还是能够吃出新麦的一丝沁甜味。好物难得，倍加珍惜。接下来原本想做成煎饼果子的料就都舍去了，只磨了一壶有机黑豆浆与面饼搭配。就着原味豆浆吃原味的新麦面饼，那股新鲜、素朴的自然风味，表现得更加酣畅淋漓了。

食物是素朴的好，朋友亦莫不如此。

细嚼慢咽

菜尖之美

在菜市场,这种小小的、细细的、带着一簇花蕾的菜尖跟那些粗壮的、一把一把整齐地扎在一起的菜尖不一样,大都凌乱地放在袋袋里,看上去比较干燥。买回家得先在清水里浸泡十到二十分钟,如果采摘的时间比较近,一般不超过二十四小时的话,叶子几乎还带着白白的茸毛,连水都无法完全吃透。浸泡过后,菜尖变得水灵灵起来,立体起来,仿佛插到泥土里,或者养在水里,就能生了根,存活下去。

小时候根本分不清一般的青菜与菜尖的区别,觉得都是青菜。直到自己必须买菜做菜的时候,才发现菜尖与一般青菜的差别是很大的。每年的冬末春初,青菜长大长老,在青菜芯中,就会长出可供食用的花薹和花蕾,广东人将这花薹和花蕾称为菜心,江南一带,我们称之为菜尖。相对于菜心,菜尖的叫法似乎更妥帖,形象地描述了这菜薹和菜蕾的独特之处,它是植物株型的尖端,也是一棵菜长到老壮萌出新枝即将开花结籽的精华部分。从食用的口感来说,此时冬天霜打过的青菜已老,无论菜叶还是菜梗,都老到起茎脱皮,唯汲取全部精华的菜尖鲜美异常。

一年中最早采收上市的叫腊菜尖或冬菜尖,每年的十二月至一月上市。腊菜尖一般叶色深,叶尖,见花采收,江南一带较少看到,气候温润的蜀地盛产这样的菜尖,不过那里的人并不叫这种菜尖为冬菜尖,原因是冬菜尖这个名称在当地被用来专指一种腌菜,叫川冬菜尖。

上海及周边地区的江南一带,说到菜尖,一般也就是春菜尖了,大都二三月上市。比较讨巧的是菜市场里被叫做一刀齐的菜尖,在早春的时候,这种菜尖七八株一扎,菜尖顶有蕾无花,菜尖底齐齐的,被整体横切一刀的样子,菜尖叶的色较所有其他青菜淡,菜尖的大小极为匀整,粗细如成年人的手指,较少空心。据说此等菜尖绝大部分来自于暖棚栽培,少虫害,洁净,热油锅煸炒后,虽不是冬天的青菜那么糯蹋,然味道清香,色泽青翠,略有水分,口感柔而无筋,不失为早春菜蔬中的上品。过了三月,天气转暖,大田里的常菜尖上市。这常菜尖叶柄短,节间密,花茎粗细若壮年男子的拇指。单从品相来看,貌似比"一刀齐"粗壮,所以大部分对农事一无所知者宁挑已经过了最佳时期、菜薹可能空心、薹皮厚而起茎的"一刀齐",也不会买这样"傻壮"的常菜尖的。殊不知,此时的常菜尖恰恰是最佳入口时。它壮而不老,貌似粗实质嫩。挑那些新鲜不见花、不空心的，洗尽后，将那些最粗的菜薹一剖为二，入油锅煸炒的时间要长一些，最好加盖略焖，待菜尖明显扁塌加盐起锅。这常菜尖比之"一刀齐"，口感一样的柔，色泽一样的青翠，青菜的香气却明显要浓一些。

而我顶顶喜欢的，这种只掐那一小段顶着花蕾的、带两片最多四片叶子的菜尖，它既可以掐自"一刀齐"，也可以掐自常菜尖，更重要的是一定要是主菜薹的尖，不能是侧菜薹的尖，该算是菜尖中的菜尖了吧。吃这样的菜尖，只好大热油锅煸炒。它水分比其他菜尖少，翠色比其他菜尖深，口感比其他菜尖糯，香气比任何菜尖足。陆游诗咏："霜余蔬甲淡中甜，春近灵苗嫩不薮。采掇归来便堪煮，半铢盐酪不须添。"这菜尖中的精品配得上。

炒菜尖

这种只掐那一小段顶着花蕾的、带两片最多四片叶子的菜尖，它既可以掐自"一刀齐"，也可以掐自常菜尖，更重要的是一定要是主菜薹的尖，不能是侧菜薹的尖，该算是菜尖中的菜尖了吧。吃这样的菜尖，只好大热油锅煸炒。它水分比其他菜尖少，翠色比其他菜尖深，口感比其他菜尖糯，香气比任何菜尖足。

南瓜

饮食习惯在思维定势作用下会产生许多偏执。比如我,从来不买南瓜回来做餐。这都源于小时候的刻板印象。

从小到大,我的父母就从来不做南瓜给家里孩子吃。他们说,三年困难时期,南瓜吃够了,不想再吃。小时候,有一年暑假被托养在浦东农村亲戚家,看到他们家客堂里放了好多类似插图中可以变成灰姑娘马车的那种大南瓜,觉得非常新奇。那些金黄色的南瓜又大又圆,我一个人根本抱不起来,只能时不时去用手敲敲打打,甚至当小凳子坐。它们搁在那里很久也不烂掉。我曾想,要是这些南瓜做成吃的会是什么味道呢?但是,直到暑假快过完了,南瓜是一个一个少了,却也没见餐桌上出现跟南瓜有瓜葛的饭菜。一问,才知道这南瓜是拿去喂猪猡了。亲戚说饭瓜(上海人叫南瓜为饭瓜,也可能是番瓜)尤其是这种大圆饭瓜难吃来兮的,只有猪猡欢喜吃。后来唱游课上学唱"红米饭那个南瓜汤咯嗨咯嗨。挖野菜那个也当粮咯嗨咯嗨",似乎是在佐证我已经有的概念:南瓜不是什么好东西,

细嚼慢咽

大概只有在不得已的时候才会吃它呢。所以，当朋友赵先生好意送来一只相貌周正、体量玲珑若碗口大、皮色青绿带黄的有机南瓜，我将它供在窗台上瞻仰了整整三个星期，不知道怎样对待它才算不辜负送的人的盛意。

南瓜对人体有益是不争的事实。许多资料表明，南瓜所含瓜多糖是一种非特异性免疫增强剂，能提高机体的免疫功能，促进细胞因子生成。南瓜丰富的类胡萝卜素在机体内可转化成维生素 A，从而对上皮组织的生长分化、维持正常视觉、促进骨骼的发育具有重要生理功能。南瓜比起其他蔬菜，富含更多钙、钾，而钠却相对比较低，特别适合中老年人和高血压患者，有利于预防骨质疏松和高血压。南瓜还含有磷、镁、铁、铜、锰、铬等微量元素；南瓜中的抗坏血酸氧化酶基因与烟草中的相同，但活性明显高于烟草，表明了在南瓜中免疫活性蛋白的含量较高。如此好的食材唯有在烹饪中扬长避短，才不至于耽误了它的好前程。

食材有前程？当然。最高程度地保持它的营养价值，体现最具个性风格的色香味，就是一份食材最远大的前程。

"大丰收"式蒸煮最显本味但最无创意。与莲子百合一起做成甜品是克长就短，属于将真丝当抹布的行为。至于放入奶酪黄油做成西式甜点，那更是把健康食品弄成垃圾食品。最后选择了两个非常省事的做法：一是用半只小南瓜跟大米一起熬粥，待要好的时候用筷子将其搅混,因为已是夏天,就自然待凉;若是冬天,则需要保温。然后用葛根粉、麦粉、小葱、鸡蛋加水和盐搅拌成面糊,用平底锅摊一张面饼,配上黄瓜丝、上好的酱料卷起。南瓜粥就卷饼,甚是好吃。剩下的另一半按照长辈的提示,以少量橄榄油入锅,只将新鲜的毛豆与切成小块的南瓜一起炒,略焖至酥,入少许盐、手工酿造生抽、胡椒和一把新鲜的小米葱碎,出锅后色泽黄绿鲜艳,口感因为有少许豉油调和而咸甜均衡,南瓜香、豆香因为有了香葱和胡椒的加入,变得饱满而不至于寡淡。

看来偏见总是可以克服的,只要有契机和善意。

细嚼慢咽

芋芳乳腐

那块硕大的用芋芳制成的云南乳腐存在冰箱冷藏格里,端进端出的次数都不记得了,好像老也吃不完似的,不单单是它体积大分量足,一块顶瓶装标准小块乳腐八块都不止,还因为它咸得深,辣得重。

芋芳乳腐的结构相当紧致,用筷子戳,感觉像在戳一块蒸熟的芋头。这种乳腐与一般见到的豆制乳腐不一样,几乎没有什么卤汁,只是外表裹着薄薄的一层红辣椒酱,乳腐杏白的颜色依然清晰可见。若不是亲口尝一尝,绝对想不到这些鲜艳的红辣椒酱的辣,能够穿透如此厚重的立方体,直到乳腐绵白的内芯。也许是借助了盐卤的缘故吧,因为这貌似柔腻纯净的内芯不仅辣,还响咸,一筷子下去,只要舔筷子尖上的一点点,便会不自觉地去找饭,最好是茶汤泡饭,或者稀粥也行,足足喝上几大口,这样才能将这辣和响咸中和掉。以咸著称的宁波人的所谓下饭小菜里,估计也难以找出比这更厉害的货了。在我曾经吃过的乳腐中,只有海会寺菜包腐乳的少汁、辣和咸与之比较相近。

　　我估摸着想,那位挑逗着众人买下这种乳腐的上海老知青,为何会对这又辣又咸的芋艿乳腐情有独钟。看他一副文气白净的样子,说(话)还带点本地口音,从小应该也是吃浓油赤酱的上海菜长大,对奶油蛋糕冰淇淋也不陌生,即使下一碗泡饭或白粥,就他几分钟里嘀里嘟噜数落出来的,也有好几样精致小菜:小酱瓜、什锦菜、肉松、皮蛋,还有吃乳腐要淋上麻油撒上绵白糖的细节。但是,他说,去云南插队落户后,就独独喜欢这一种芋艿乳腐。

　　曾经读过云南知青的一些回忆录,鲜有战天斗地的豪情,更多的是食物不足青春无所寄托的空虚。那时,云南为雨林地区,种豆少,用大豆做的酱油淘饭都是奢侈品。一块这样厚味的芋艿乳腐,可以让好多顿单调的木薯饭变得丰富起来。它的咸引出舌尖一点点鲜的感觉,它的辣,催促着不习惯木薯粉的人速速吞下一大碗,而它的柔腻,可以勾起对家乡食物的美好回忆。而这所有的一切,都由一块乳腐而起,又因芋艿原材料的坚实,经得起筷子无数次无数次以最最轻盈的刮蹭方式消耗,相较于一块普通的松软的一戳就碎的豆制乳腐,附着其上的幸福感也就变得更加绵长。

　　食物记忆有时就像神经记忆,病症过去很久,那病的痛觉还会一阵阵时不时地泛上来。

细嚼慢咽

为一只苏北包子点一桌菜

有朋友要带我去一个地方吃大包子。若为了吃小笼、吃饺子馄饨,哪怕吃面,都可以专程跑一趟,吃包子就像吃大饼油条,买回家吃不就行了?不禁"呵呵"。朋友道,别呵呵了,这包子还非得出门到店里吃不可。说着便不停地摆弄手机广发英雄帖。不就吃个包子么,兴师动众叫上那么多人?这么想着也就说出了口。朋友却说人少了还真不行。

可以吃到大包子的店在浦西东北角的国定东路上,店名"江淮情"令人浮想联翩,到底是吃苏州精致的小笼包、无锡的甜酱油汤包,还是镇江扬州的三丁包?或者是晋江的须备一根吸管用来吸汤汁的灌汤蟹粉大包?进得店内,朋友订的包间里已经落座了十余人。原来这是酒家而非我以为的点心店或者包子铺。店里的菜色是江淮一带受众面最广的混搭系菜肴,上海本帮熏鱼、淮扬鱼糜猪肉狮子头、四川碳烤咸猪手以及时令的各式烹饪小龙虾汇聚一桌,在座的每个人似乎都能找到自己所爱的菜肴。而跟着这些上桌的菜肴出盘的一笼大包子是我以前从未见到的,每个包子的直径有近二十厘米。但凡食物超越常规的形制,本身就能激发起吃货的好奇心和尝试欲,比如一根硕大的巧克力夹心棒或者一杯迷你型慕斯蛋糕,很容易叫那些因为减肥而不吃甜食的人断送掉一周忍饥挨饿结下的成果。这超大的包子一时也激起一桌人食指大动。服务生拿来小刀,在包子上划十字将它一分为四。

包子的馅非常多,切开后若想吃,就得小心翼翼将四分之一包子一并取出,不然的话就会散落成狼藉。包子面皮发得很好,松软而又有点咬劲儿。馅料鲜香,细琢磨,里面似乎有肉丁、香菇丁以及洋葱或者大葱丁什么的。但是跟镇江、扬州的三丁包子又有很大的区别,肉丁更细小,颗粒更清晰,馅料的质感更密实,味儿也更浓郁,是苏北包子的基因,但似乎更加乡野一些。就这四分之一包子下肚,已经饱了七八分,比吃一个普通的肉包子撑胃多了。眼看一桌的菜要剩下不少需打包了,便对朋友说,不是吃包子么,干吗要点那么多菜呢?朋友解释说,这家店的包子不外卖,也不单卖,只有点了菜的,可以点包子作主食。我觉得奇怪,哪有店家包子做得好受人欢迎而不大做文章大张旗鼓做外卖包子的生意的?记得从前的绿杨村包子好吃,每到上午十点下午三四点钟店里就餐时间未到的时候,就会有一些店员帮着卖包子。晋江那些供应灌汤蟹粉大汤包的店还时不时将一些灌汤包真空包装,做成礼品单卖。这里的大

细嚼慢咽

包子却一点进取心都没有。服务生见到我们狐疑,便插嘴解释道:这些包子全部都是手工制作的,和面、发酵、切那么细的颗粒馅料,全靠点心师傅一双手。所以,这包子产量很低,只好供应给前来就餐的人了。于是明白朋友为何要叫我去店里吃包子了,也理解他为了吃大包子居然叫上一桌的人。没有那么多人一起点上一桌菜,这包子还真吃不到。另外,这包子那么大个,一两人也吃不掉啊!

为吃一只包子而吃成一桌酒菜,这还是我第一次遇到,不知是酒店歪打正着的运气还是精心策划的营销。

吃蟹搭根甜芦粟

北风起,绍酒一杯蟹一对。擂姜喋醋暖阳里,拆螯啖黄秋湖上。这景致是近一二十年上海贡献给全国人民最具影响力的生活时尚。

吃大闸蟹就像一阵老也刮不停的飓风,刮到京城,刮到东北,穿过沙漠刮到新疆,也越过大海刮遍港澳台。但是就像已经生成的飓风只管吹刮,上海人是只管吃的。而把握这风向的却是上海周边跟大闸蟹这盘超级美食大局相关的生意人。

浙江绍兴的酒,江苏阳澄湖和太湖的蟹,镇江的醋,山东的姜,除了这些吃蟹的基本元素,上海人吃着蟹的时候,不知不觉被一些新鲜玩意儿附身。广东人倡导在黄酒里加红糖或者焦糖;苏州人千方百计摆出各种吃蟹的工具,最后蟹八件演变为更实用的蟹两件;宜兴人做了紫砂蟹宠,不仅里面可以放紫苏、姜末,有驱寒的料理功用,当它与蟹一起蒸时,还会遇热变色,锅里仿佛多了一只蟹,是十足十的食蟹情趣玩物。吴江或巴城的人更精,他们用快艇将人带到湖边,用最好的蟹招待

细嚼慢咽

来湖边吃蟹的人，再挑次一等的蟹让客人带回，制造出得天独厚的湖景心理暗示，仿佛上海人只有到湖边才能吃到最好的蟹。于是，造就了奔忙于秋天高速路上的食蟹大军。今年又翻出了新花样：吃完蟹摆上一根甜芦粟。

在微温的陈年花雕里加红糖或焦糖，食蟹老饕肯定不买账，这无异于用可乐七喜兑红酒一般愚蠢。八件两件的对牙口不好的人有用，对健康人是一种麻烦。蟹宠好玩却不常有。唯有这甜芦粟，叫上海人喜出望外。

大饼油条糍饭糕，山芋米花甜芦粟，这些都是几十年前上海人上不了台面的心头好，尤以甜芦粟最为稀奇。因为甜芦粟店里买不到，只有偶尔在菜市场边上，才有农家用脚踏车载着数量不多的几捆甜芦粟卖。能够每年夏天定期吃到甜芦粟的人，要么家里有上海郊县的亲戚，要么有在郊县或者崇明农场插队务农的知青，他们会在农忙过后闲暇时带甜芦粟上来。

小时候，觉得吃甜芦粟特别好玩，它味道像甘蔗，却不是甘蔗。芦粟皮可以自己撕，却要当心割破手指。如果不小心割破了手指，只要刮下皮上的粉末涂在伤口，就能止血消炎了。芦粟皮可以做成各种各样的小玩意儿，最简单的是，将撕到秸秆结节处又不撕脱的皮倒折上去插入秸秆，做成灯笼。

如今，山芋作为健康食品身价暴涨，爆米花被产业化，做成了进超市的米花棒或者袋装江米茶,唯有这甜芦粟在你想吃的时候依然找不到,在你没有准备的时候仍然会遇上。比如上班途中,会突然见到卖甜芦粟的老农。去崇明,一路可见到农家宅前屋后栽种着甜芦粟。上海市区到崇明的长江隧桥通车后,我和几个朋友驱车去崇明秋游,在一户农家住宿。主人看我们预订了两个晚上的房间,一高兴,便去屋后一畦地里,砍下两根在艳阳里摇曳着秀出黑籽的甜芦粟,将挂籽的穗截下系到屋檐下,说等明年的时候再种下,然后用刀对着秆节,一节节截断,剥去秸秆外壳,叫我们在她家门前的场地上品尝。这晚熟的甜芦粟又高又粗,典型的雅津甜高粱种(甜芦粟学名甜高粱,在中国广泛种植的就是雅津甜高粱,上海地区以晚熟品种最为典型)。吃起来比以往夏天吃到的更甜、纤维更松。我们将吃剩的皮和渣吐在场院门前的泥地路基上,然后便出去游玩。夜里归来时,因为没有路标,没有门牌号,也没有路灯,在一式的农家院落前,居然找不到要住宿的那一家了。后来,还是靠着手机微弱的灯光看到路基上的甜芦粟渣皮,才摸到了家门。

吃蟹后吃甜芦粟,芦粟秸秆的长纤维和清甜汁水可以帮助漱去口腔的蟹腥,起到利尿通气固肠胃助消化的作用。而让上海人吃甜芦粟,还平添了一份怀旧的情感。更加重要的是,甜芦粟价廉可上海市里买不到,只有到有甜芦粟的地方吃蟹,才

细嚼慢咽

能享受吃完蟹啃甜芦粟的乐趣。

呵呵,谁说上海人精明?看这几日成群结队兴高采烈开着车出城去吃蟹的上海人,他们难道不是被周围一群精明人调上山的最会享受花钱的人?欢乐只在一个愿打一个愿挨罢了。

台湾冠军牛肉面

朋友相约见面,地点在几条轨交线路集合的虹口龙之梦,她在门口等我。没有动什么脑筋跟着她往一间特别清静的店堂里坐下,抬头一看墙上的招贴,不禁哑然——"状元牛舍",难道是养牛专业户吗?非也,朋友解释道,是卖牛肉面的。她喜欢这家的牛肉面,晚上正好在附近有应酬,吃了牛肉面,再聊会儿天,可以一起转场去看别的朋友。还有一个原因,这里的龙之梦刚开张不久,她的车可以笃笃定定泊在地下车库一下午,免费的。当老板的就是懂运筹学,随便找地儿见个面也是一举几得。

"牛舍"是台湾人开的,之所以冠名状元,是因为他家的牛肉面曾经得过2009年台北国际牛肉面节比赛的冠军。在台湾,这家店有个非常夜市的名称叫刘家冠军牛肉,跟台北食肆的众多店家一样,透着朴实的进取心和自豪感。到上海改了名称,大概是为了突出牛肉的元素吧。

凡到过台湾的人都知道,台湾人对于牛肉面有着近乎疯狂的喜好。这倒不是说他们天天都吃牛肉面,而是他们对牛肉面

细嚼慢咽

的态度,无论食客还是店家,都严谨到挑剔的程度。这一碗冠军牛肉面便是最好的证明。

一碗牛肉面上桌,不是寻常我们见到的热气腾腾的样子,心里一定会犯嘀咕,面不烫,该不会是搁置久了吧。可是,如果你看到他们的厨房里那些用于放入面汤碗,以使汤在等面时保温的铸铁芯,便可知晓这家的面不是一般的讲究了。桌上有一份特别好玩的吃面"小叮咛",按照提示的方法吃面,感觉非常有趣。

第一步:先喝几口汤——汤是热的,不烫口,刚刚好,虽不是我习惯的白汤,明显放了豆豉汁,但还是清澈的汤,没什么油腻,保留了较浓郁的牛肉味;再吃几口面——面很筋道,绝没有放久了的糊,又很滑爽;再吃一口牛肉——一圈圈筋肉像大理石纹排列的牛腱肉口感软嫩弹牙,香气十足。

第二步:品尝了原汤滋味后,再添加配备的酸菜。酸菜很辣,"小叮咛"提示要根据自己的喜好酌量添加。酸菜融入汤里,改变了原有牛肉面的味道,让牛肉面吃口变得更爽,回味更丰富。而这,也是台湾牛肉面的味道。台湾最风行这种"川味"红烧牛肉面。尽管四川当地并没有这一味。台湾本土人以前也不太吃牛肉。可能是因为后来大量移民入台,将当年抗战时期大后方的兰州拉面、四川红汤牛肉这样的平民美食带到了台湾,再跟当地的气候食材一结合,才成了台湾独创的川味红烧牛肉面。

台湾人做这种川味红烧牛肉面极其认真。从食材的选择到加工程序的制定都一丝不苟。这冠军牛肉面上盖的牛腱来自内蒙古或青岛的牛,没有膻气。所选牛腱的部位以及分量都非常准确,据说一般一头牛的牛腱只够做八碗面。这些牛腱跟其他牛肉一起,先要用自炒的底料卤,然后长时间文火烹煮。最后用分子厨艺法分层提取保存牛肉汤,待到出面的时候,再按比例还原成原汁原味的牛肉面汤。

面也是有讲究的,无论刀削面还是拉面,都要耐煮使得吃口筋道,又要滑爽无硬芯,能吸附足够的汤汁。据说冠军牛肉面的面是店家拿了自己的配方找工厂定制的。如果没有这些讲究,当年在牛肉面馆林立的台北要争得一个牛肉面大王比赛的冠军也是不可能的。但是即便这样讲究,冠军也只代表那一年,过后便有其他制作牛肉面的高手超越。

也许是将所有精力都投在牛肉面上,这状元牛舍的店铺倒显得暗淡普通,在整个龙之梦地下一层,牛舍的灯光最暗,招牌最小,一般人很不容易发现。但这丝毫不影响我对它的尊重。在这年头,能够实打实地用心做好一碗牛肉面,是多么了不起的事。

可惜的是,这样用心做牛肉面的店,没有熬过开业阶段客源少房租高入不敷出的困难时期。时过半年,再去虹口龙之梦,已经找不到"冠军牛舍"了。

细嚼慢咽

苏州大方糕

上海人去苏州如同去外婆家,很近但保持距离,熟门熟路又常去常新。一群同事去到苏州公干,留下自由活动的时间只有一个小时,火速抉择去哪里:山塘街不去,就像外婆家的前院门廊,再热闹也是留给关系疏远的陌生人来立一立的地方;园林、虎丘、寒山寺也不去,前客堂摆设的老古董,年年岁岁岁岁年年没怎么大变,太熟悉了。想想小时候到了外婆家,顶顶要去的地方——后客堂和灶头间,那里有熟悉的面孔和话语,饭菜有屋里厢镬子的香气,更加重要的是,能够吃到一些从小就熟悉,但是家里做不来的好吃的食品。苏州玄妙观附近的观前街,就相当于苏州的后客堂和灶头间。跟同事一起走到那里,就不由自主地散了。有人在丝绸店寻寻觅觅,吴侬软语地讨价还价;有人直奔黄天源、乾生园而去。不过,半个小时后,不约而同地被吸引到采芝斋门口排着的长长的买糕队伍里。上海沈大成等老字号久已不见的方糕,在这里出现了。不过名称前加了一个"大"字,大方糕。

大方糕是桂香村出品的，据说始创于乾隆年间。除了体量比以前上海的方糕大，其洁白方正的外形，面皮上面印着的福禄寿字样，皮下隐约可见的馅料，跟上海的方糕有着同样的神韵。

制作大方糕这样典型的南方米制糕点，是要心灵手巧的。从筛粉、开模、放馅、上面张、拍花板、切块到最后上蒸笼，一步都不能马虎。米粉要用百分之八十的上等粳米加百分之二十的糯米混合，隔夜浸水，第二天一早磨成粉，以使糕粉韧糯粘爽相当；筛粉分粗、细两道工序，才能使做成的糕皮均匀，薄到可以看到里面的馅色；拍花板要一下成型，糕面上的刻字才会工整；切块更要细心慢来，糕体才能够挺括方正。最后上笼蒸要把握火候，火候不到糕会硬，火候过了糕就会塌。这样制作出来的大方糕，每块约十厘米见方，一厘米厚。馅心分芝麻、玫瑰、薄荷、百果和鲜肉五色。

大概因为都有小时候吃方糕的情结，我和同事买大方糕都挑薄荷味。因为上海的方糕就是甜而细腻，仿佛就要流出糕皮的豆沙馅或者黑芝麻馅，并且有着浓浓的薄荷清凉味的。尽管最后尝到的大方糕与从前上海的方糕不同，馅心略干略少，糕皮略实略硬，总体呈现更加乡野的朴质与粗犷，但是这一点也不妨碍吃糕的心情。就像爱上一个人需要日积月累，许多可爱的点点滴滴汇聚起来，最后成为爱的理由，讨厌一个人分分秒

细嚼慢咽

秒瞬间可以发生，在不对的地方，不对的时候，一个不对的细节。喜欢一种食物也需要诸多元素的积累，籍贯、遗传、生活环境、身体状况、个性趣味，还要包括对这种食物曾经有过的知觉体验。喜欢是一种正面的能量，表示一切都是合适的。我们在苏州喜滋滋地排队等候买到装在竹编扁篮里的大方糕，算是在对的地方遇到了对的食品。

不过不喜欢苏州人把"大方糕"叫成珍珠塔大方糕，拿它与戏曲《珍珠塔》中的主人公方卿联系起来。说什么方卿功成名就之后，喜欢用糕做早餐，厨师为讨好方卿，想出用方糕代替圆糕云云。这种传说就像称得上"云南半桌酒席"的过桥米线是穷书生的饭菜一样，明显靠不住。锡剧《珍珠塔》原本讲的是襄阳的故事，后来的评弹才将故事搬到同里。硬要附会，那么大方糕经过蒸发后的洁白蓬松的糕面，隐隐透露的各色馅心，倒还有点"白玉藏珍之妙"。只是，什么时候在上海，能再吃到心目中的方糕呢？

所谓 "海刀"

要是放在几年前，去菜市场不会对这货看上哪怕一眼，在整箱的年货里，只要有这货，赶紧拿出来送人，连眼睛都不带眨的。可是现在，面对它，却生出那么点喜悦，有一种想要好好将它做道菜的冲动。

怕它变得不新鲜，搁在五六摄氏度的厨房窗台上，自然状态下化冰用了整整一天一夜，去掉冰壳子，原来一个手掌大小的身条只剩下一只手腕宽了。又怕将它银白色的鳞洗秃噜了变得不好看，只好在冰冷的水里，去摘掉腥味十足的内脏，剪去它死不瞑目的尖脑袋和一无是处的长尾巴，把脊鳍修齐，再将它截成两寸长的段，轻轻抹上料酒、精盐和炒熟的花椒碎粒，然后排在透气的笸箩里放在通风处半天，等它水分沥干。

这样处理过的带鱼做成什么味道都成。拍上干淀粉入油锅煎炸到两面金黄骨脆肉香，就是香酥带鱼；略略煎后在鱼块的两面刷上用腐乳、面酱和XO酱调和成的味酱再入锅煎烤，就成了照烧带鱼。如果不想太麻烦可以清蒸。说是清蒸，味道可以多样。铺上一层醪糟,出锅时淋一勺糟卤,再将葱丝装扮,热油一浇,就是香醇的糟香带鱼;如果用红剁椒,就是红是红白是白鲜辣爽口的剁椒带鱼;倘若再大胆一些,用绍兴产的臭豆腐跟带鱼一起蒸,那就是宁波人口味奇绝的黑炖白,臭鲜得要命。不过最后,我只是老老实实做了一份红烧带鱼。这是从前上海人家最最常见的做法,用如今影视媒体常煽情的说辞,也是有妈妈的味道的。

借助方便的不粘锅,热锅冷油,热锅时入葱姜,等香气溢出,入油,油不必多,刚刚涂抹锅底即成,将鱼块一一放入,等油热鱼块发出滋滋声翻面,再发滋滋声,即入生抽和少许糖、绍酒,文火盖锅盖焖五分钟,然后开锅盖,将鱼翻面,淋上亮红色的老抽,放入蒜段以中火焖几分钟,再浇半匙醋,即可起锅。这样红烧的带鱼,亮红的酱色下看得见幽幽的鳞的银光,肉质肥嫩,味道鲜纯。

能够如此这般下功夫琢磨一只带鱼的做法,实在是世事难料。想从前,带鱼真算不得什么好东西。最好最大的东海带鱼价格从几角钱一斤到几元钱一斤,走了整整二十年。这二十年里,野生的一斤多重的黄鱼从几元钱一斤攀升到几千元一斤的奢侈品。可是,就在最近几年,买到真正东海带鱼却成了一件不太容易的事,价格也一跃到几十元一斤。原因很简单,就像黄鱼一样,真正的东海带鱼产量也在减少,充斥着菜市场的,大都是身条粗壮、眼睛红绿、嘴尖牙利、面目狰狞的非洲带鱼。这种带鱼跟东海带鱼比，肉质纤维不是肥嫩而是粗糙，肌肉组织不是细腻而是松懈。鱼身鳞光虽然漂亮，但腥味重，鲜味差，吃的时候，鱼脊有一颗颗硌牙的珠状骨。所以，有的商家为了将东海带鱼和非洲带鱼加以区分，居然将东海带鱼标注成"海刀"，海里的刀鱼，令人想起的是长江刀鱼的美味。尽管带鱼传统上也有地方称为海刀鱼的，但它毕竟跟一般意义上的长江刀鱼相去甚远。

带鱼的这种转身算得上华丽，从前连待客都不好意思上台面的，现如今都被装在盒子里，成为馈赠的礼品，甚至因为价格上涨，让黑心的商家动起了心思，将带鱼一条条单独用厚厚的冰包裹着，冰水也卖出了鱼的价钱。真不知道不久的将来，这货会不会赶上刀鱼，让从小吃惯它的吃货们"望刀兴叹"呢！

细嚼慢咽

莲子

从碧绿的莲蓬中剥出莲子，去掉莲子的青皮，嚼一嚼青涩而浆汁饱满的鲜莲子，这样子跟守着一堆鲜菱角剥来吃，或者提着刚从地里挖出的花生在田埂走着，不时剥一颗放到嘴里尝尝鲜，是没有太大区别的，都是新鲜，都是生涩。有朋友在山区农家院里养拙，每天将这些事儿轮番做着，却偏偏只将剥莲子晒到微信朋友圈里。想来没有别的原由，只因在审美意趣上，莲子似乎更加符合少而精、淡而雅的高尚原则。它有世上最美的花朵，有最坚实的根茎，有出淤泥而不染的生长过程，清心补中，芯苦肉甘，苦为药甘为食，有药食同源的特性，真是集外在的和内在的矛盾统一于一体。即便菱角的味道与莲子肉相似，还没有莲心的苦味，可菱角只是菱角，"嫩剥青菱角，浓煎白茗芽"（白居易《春末夏初闲游江郭》），最多也只是陪衬，花生多子多福的意象最多为俗世增添喜气。只有莲子，可以承载诸多叙事，"心如莲子常含苦，愁似春蚕未断丝"（黄景仁《秋夕》），是人生的苍凉落寞。"无端隔水抛莲子，遥被人知半日羞"（皇甫松《采莲子》），是少年难耐的春潮萌动。"莲子已成荷叶老，青露洗、萍花汀草"（李清照《怨王孙》），是世事更迭生命老去的哀伤。如此这般，剥莲子与剥花生菱角便有了天壤之别，剥花生菱角是俗世的饮食，剥莲子就成了行为艺术。

有了雅俗高低之分，莲子的身价向来也比其他同类淀粉质的食材昂贵，做法也多出许多讲究。同样加糖与油炒成沙做饼的馅料，那些包装复杂的广式月饼中，莲蓉的价格是豆蓉细沙的十多倍，而苏式月饼因为价格一直在广式之下，竟难以吃到莲蓉的品种，倘或有，至少我没有见到。餐后的甜点，若是人人托一碗细糯的红豆沙或者绿豆沙加小圆子，无论制作的功夫还是价格，并不比几颗白莲几瓣儿百合加几粒枸杞或者一枚红枣两小块木瓜一起炖的小盅便宜。但是，前者大都一大锅上桌，然后各自一碗分了，或者侍者一满托盘端出，人手一碗。而后者只能是一小盅，样貌精致价格也精致得让人心疼。

前几日得两盒洪湖清水磨皮莲，算是有名的湘莲了，更是野生的，不吃营养剂，个头娇小，状如大西米。这么好的东西原该按照食用方法的提示细细做来，诸如文火炖一两个小时的桂花银耳珍珠莲参汤，或者先煮后蒸，加入果脯丁，用白糖熬成接丝的"接丝蜜莲"。可我偏偏眼神落在这莲子的加工工序上——去壳、通心、磨皮，又偏偏去查找各类"纲目""本草"，要看看莲子的效用。不查不知道，一查哑然失笑，原来所有关

细嚼慢咽

于莲子的药用几乎都离不开莲心，去了心的通心莲其药效与人们日常的理解完全是相反的。比如老辈人喜欢夏天炖莲子绿豆汤，用的都是通心莲，却不知它反而更助老年人气郁痞胀、食不运化、大便燥结。唯有阳气饱满者用不去心的莲子与绿豆、百合煮了汤喝，才是可以祛火养脾滋阴的。这花了大力气加工的莲子，论起营养来，也就与一般豆薯类相差不了多少了。

大彻大悟莲子的根底，就时不时去批发市场买来速冻全鲜莲子（不去皮不去心的），或者放到鸭汤里，或者放到粳米粥里，或者放到上汤菜蔬里轮番着吃，就像土豆毛豆一样，并晒给隐在山里的朋友看。

你这是要拿真丝做抹布故意恶心死我吗？

哈哈，拿奢侈品做个平常物件开个玩笑，或者拿貌似最低端的材料绞尽脑汁做个意想不到的东西，谁又能说不是艺术了？

得失只在一念。

绿豆百合鲜莲子羹
将绿豆、百合、鲜莲子（不去心）分别水煮至酥烂而不破形，绿豆皮微绽，百合略起沙，莲子绽裂不散，将绿百合、莲子连汤混合放入冰糖，待糖化，汤凉，放冰箱冷藏降温，就成了夏日里最滋阴降火养心的绿豆百合鲜莲子羹了。每一样食材分开煮是为了让每一种食材都能够在最佳状态断火，不煮过头。如果家有糖桂花，放少许，味道更佳。

佛手香

窗前一盆金佛手,案头一盒老香黄,都是朋友送的秋情,可品可赏。金佛手是金华产的观赏盆景,芸香科柑橘属植物枸橼的变种,皮色若橘呈金黄色,果实似柑却分裂如指,或微拳,或伸张,或手中套手若观音之千手,或拳指相抱若打躬作揖。室中一盆金手指点缀,其情温暖,其气芬芳。老香黄乃枸橼原种果实香橼的十五年陈九制丹,几粒在口,舒气醒脑,回味隽永绵长。同科不同形的植物若一母所产的双生子,有同根同源的辛温性味,以及芳香理气、健胃止呕、化痰止咳的药理功效。连它们的名字也有着同样温柔敦厚的气韵。

知道这种植物很早,十二三岁读《红楼梦》似懂非懂,就记住了里面一些稀奇古怪的东西,其中就有反复提到的佛手以及香橼。贾元春的判词上画有一张弓,弓上挂一香橼,当时马上查字典,字典上说是一种柑橘类的植物果实,有香味,可入药,味酸涩苦。贾母屋里油蜡冻的佛手是件黄灿灿的玉质古董,本以为是仿如来观音的佛手,可后来读到巧姐怀抱大柚子最后

细嚼慢咽

换下板儿手里的佛手,这佛手是什么呢?若也是仿菩萨的佛手,为何板儿从探春那里讨来时探春要特别嘱咐,不能吃拿着玩呢?至少也应该是看上去可以吃的东西。再赶紧查字典,发现居然也是跟柚子、香橼同属的植物果实。后来见红学家兜兜转转证明这些个佛手对应的是元春判词所画的香橼,香橼就是佛手,佛手就是香橼,便一直留心想见一见这两样东西。

几年前,新民周刊的老笔杆子胡展奋外出采访,带回几只佛手分赠朋友,我有幸得到一只,才终于晓得了它的尊容。那只黄澄澄的大佛手在书架上摆了很久,直到每根"手指"腐烂,问展奋:摆坏了怎么办?答:没有怎么办,就扔掉了呀。前年秋天,雕刻家忠明先生也送我一盆微型的观赏佛手,供在案头,于浏览网页和码字作文的时候,时不时闻到几缕清香,庸常的日子仿佛也因此而变得雅致起来。然而,是草木终有荣枯。三月一过,佛手枯萎,问忠明:枯了怎么办?也答:扔掉,这嫁接的盆景是再长不出来的。

问题是,将一只若烧糊的鸡爪子一样的东西扔进垃圾桶肯定是没有任何负担的,但是想到它原有的名字叫佛手,就不那么坦然了。以至于去年,鑫渠兄再送一大簇盆栽佛手时,我脱口而出:这东西到底可不可以吃啊?鑫渠侧目:这么好看的东西哪能吃呢?人家都是摆在家里观赏的。他一定把我当作可以将鹦鹉画眉炖来吃的饕餮吧。

我不管，我实在不想让曾经这样明丽的佛手变成烂鸡爪。在佛手摆到香尽之前，我不给它浇水，任它自行变干，然后一一剪下，照着网上有同好的网友指引，将其晒干，切片。据说这佛手泡茶或煎汤服用，可以尽药理，但一是自己并不喜欢花果茶；二是怕拂了朋友的情谊，最后转赠喜好花果茶的朋友，算给了这些果实最好的出路。而朋友回赠一盒老香黄丹——潮汕产的，用陈皮、香橼（也叫广东佛手，大都长成拳掌形）久制十五年以上。朋友说这东西不容易得，是台湾的一位朋友送她的，"大概只是如盐津枣一样的东西吧。"

回家打开老香黄的盒盖，便闻到一股香气。啜食几粒，口舌生津。这么好的久制老香黄也就舍不得随意享用了。我有晕车的毛病，舟车劳顿头晕心烦之际，拿它解郁顺气，真是再好不过的东西。朋友与我，可谓投之以佛手，报之以香橼。

不过这样的关系是不可以用来解《红楼梦》中人的命运结局的。

老香黄

潮汕凉果，也称老香橼、佛手香黄，是用佛手柑（也称五指柑、蜜罗柑或福寿柑）的果实腌制而成的，具有增进食欲、理气化痰功效，对胃痛、腹胀、呕吐、噎嗝、痰多咳喘等疾病和解酒舒气都有作用。"老香黄"制作日子越久身价愈高。一块所谓十年陈的"老香黄"其价高达百元。

细嚼慢咽

粥样的日子

一日粥，一日饭，一日馄饨一日面地过了两旬，渐渐地，大部分日子都让粥给填满了，绿豆薏苡粥、百合莲子粥、五谷杂粮粥、黄精山药粥，直到最最喝不厌的家常香粳白粥。喝着粥将史上最热的夏天过到了末尾。

我是个愚笨的人，总是以个人的经验去揣测先人的道理。《随园食单》上说，粥饭本也，余菜末也，本立而道生。我的理解就是在所有关于吃的问题上，主食（南方人意味着米饭和粥）是硬道理。什么样的主食，生出什么样的菜肴。西方人习惯吃面包，他们的汤就多可以用面包蘸起的浓稠红白汤，吃完面包大块肉大块鱼地就上来，看体积便知道分量，比较容易计算蛋白质和卡路里。这些菜不是用来下饭甚至不是用来下酒的，所以都少盐，口感舒服的酸甜味居多。吃米饭的，就应该是一口菜下一口饭的炒菜适当，为了跟炒菜的汁有区别，汤，无论荤的素的，就是清汤居多。

同样以米为本，粥的道在哪里？

《随园食单》刻画一碗好粥的模样是这样的：见水不见米，非粥也；见米不见水，非粥也。必使水米融洽，柔腻如一，而后谓之粥。要熬出这样的一锅好粥来，可不是件容易的事。如果只是想着逃避灶台的瀚热而熬粥，就会选择电饭锅快火煮或压力锅焖，这样熬出的粥，不是糊了就是见水不见米的汤了。可如果仅仅是为了图省心，漫不经心地将一锅熬粥的水米坐于火炉上，又怕水开粥汤潽出来，便只以文火煮着，自己做其他事情去，压根儿把煮粥这事儿给忘了。等到想起的时候，那粥可能就稠成一锅见米不见水的烂饭了。唯有谨慎计算过米和水的比例，选择好煮粥的火候，一边熬着粥，一边可以做一些看书、织毛衣、上微博这样随时离得开的轻便事儿，在煮粥的各个关键时刻，又不忘精心照看到，粥煮开了要换成文火，粥煮熟了要细心搅拌，让水和米的分子彼此运动，再焖上几分钟，待米的胀性发挥出刚刚好的稠度，为防止漫长的降温过程中米粒继续膨胀，将粥胀成糊糊，要赶紧将盛粥的锅浸在冷水里让其自然冷却，这样才能做成水米融洽的一锅好粥。

粥的口感是淡泊的，与之为伴的菜肴须同样的清净才不致粥味混沌，但又须入味深刻，才不致淡而无味。所谓清粥小菜，便是将去腻清淡和入味深刻做到极致的下粥菜肴。各类时令菜蔬汆烫凉拌是为清淡，但不深刻，配少量传统酱菜便增添了味觉层次，但若没有荤腥搭配，这样的喝粥的日子又未免清简了。

细嚼慢咽

可下粥的荤腥不是一般大鱼大肉所能配。设若切下一块上好的西冷牛排放到嘴里,再用一口稠乎乎的粥将其过下,或将一只炸鸡腿、一块红烧肉抛入粥碗里,任油腻在雪白的粥面上晕染成五颜六色的织锦,那么这粥就像小姑娘被浓妆艳抹地打扮起来,看着就不那么干净了。用袁枚的话说,便是尽失粥之正味。能够配粥的荤腥当以腌腊、卤制和糟醉为佳。这些清粥小菜有一个共同的特点,就是得来不必费很多功夫,但是都得花时间去慢慢制作。酱菜得三个月以上,腌腊得半年以上,糟醉食物即便使用现成卤料,至少也得卤上几个小时。这些过程,其实是层层入味的成熟过程,对于荤腥食材来说,也是去除油腻腥膻的过程。经过腌制风干的腊肉腊禽,油脂在风干过程中滴尽,江河海洋的鱼虾经过酒的糟醉、盐和调料的腌制也去除了多半的腥味。在高温40℃的中午,桌上摆着一碟碟清蒸的腊鸭、风鸡、酱肉、醉螺、乳腐、糟蛋、酱萝卜,外加凉拌西葫芦条、蒜泥醋黄瓜、麻酱拌茼蒿,高兴了再来个盐水虾、鱼鲞什么的,这时候,配一碗柔腻如一、隔水自然冷却的白米粥,会多么惬意。

这样清淡有味、丰俭由人、从容裕如吃粥的日子,大概就是生活的本味吧。

代后记

云厨房

这不是社会集成点菜系统,也不是一个网络虚拟厨房,如果那样,带给人们的兴奋,最多等同于几年前的偷菜游戏。这是孩子们真实世界的一间课堂,一头的数据线连着浩瀚的知识天空,一头的炉灶食材连着人间烟火的世俗乐趣。这就是卢湾第一中心小学"云课堂系列"之"云厨房"。

"云课堂"是基于云计算技术的一种高效、便捷、实时互动的教学形式。学生学习不用纸笔,而是用终端显示器,如 iPad 等。上课时,这些终端快速高效地与教学平台数据库以及教师教学终端连接互动。学生可以选择自己需要的课程内容和教辅材料,而他们在终端上作出的反应又可以通过计算机数据综合及时反馈给教师,以适时制定出区别化辅导方案。云课堂最终可能达到的目的是可以与全球各地学生、教师、家长等不同用户同步分享语音、视频及数据文件,让学生可以随时随地学习,让家长随时随地了解教育资讯,让教师随时随地借鉴先进经验，从而形成教育资源生态内循环的庞大系统。

所有观摩过云课堂的人都会惊讶于现代化教学手段给课堂注入的生机，同时难免纠结于显示屏与纸质课本的孰优孰劣、课堂使用 iPad 时间的长短。然而，看到了云厨房，才会发现，被网络民众诟病许久的中国学校教育不是死水一潭，反而在科技进步的引领下正在悄悄发生着深刻的变化。

看看一中心包滢蕾老师为云厨房设计的小厨师课程方案吧。

目标：了解中华美食，感受中华美食的魅力，培养民族自豪感；了解常见的食物及其营养价值。培养孩子从小养成健康饮食的习惯；了解常见的厨房工具及其用品，学会简单的操作；能够挑选合适的食物进行搭配，烹饪简单、可口、营养的菜肴；在操作的过程中体验烹饪的乐趣，激发学生的创新潜能，培养和提高动手能力、团队协作能力和服务他人的能力。

内容分为四个模块，分别是："走进云厨房""中华美食之旅""简单家常菜肴烹饪""传统节庆美食及制作烹饪"。

孩子们自进入云厨房的那一刻开始，一个现代小厨师的养成经历也就开始了。

先利用学生信息卡在平台上登录，然后点菜，选择当天所学家常菜名称，在云平台中储存了必学的家常菜各种信息，点击屏幕后，就会出现这道菜的历史、传说和特点。有了这些菜的基本知识，就开始选食材。屏幕上会显示这道菜的各类配料和营养成分，学生按照屏幕指导要领，在备好的配菜盆里选配齐了料，然后分工，有在水斗里洗菜的，有在砧板上切菜的，也有打蛋的，或者制作面食点心。如果操作不熟练，可以对照视频上循环播放的操作技能示范反复练习。烹制过程，炒菜或者烘焙，是孩子们最喜欢的环节。等到菜烧好，或者烘焙的小饼干等点心出炉，孩子们将自己的劳动成果精心装盘后放在固定区域，拍摄录制成像，再刷信息卡，成品图片即刻上传至"云厨房"微博。

学校要求每个孩子在校五年必须学会烹饪一至二个家常菜，要制作一个创意菜。云平台会储存所有孩子们制作的菜肴图片，还提供一个自评互评空间，让孩子们的成果得以呈现，并获得公正诚恳的评价。

云厨房开设的当口，就见到一中心吴蓉瑾校长在朋友圈里晒宝贝：五年级四班的小忆维为妈妈买早饭，切水果；双休日小欣怡学做通心粉；二年级的小昀霏、三年级的他心、五年级的寇响休息天在家里帮妈妈包的馄饨……设想自己若是家长，看到孩子精心摆好的水果盘端到面前，嘴里品尝着孩子们在云厨房烘焙的五彩缤纷的卡通造型饼干，是否会感到这一代孩子跟以往的独生子女们有很大不同？而这云厨房，只是众多小型社会实践课程中的一个。

在一个吃货抒写的专栏集成的有关吃货经验的小书里谈到云厨房，是因为我觉得，随着网络的发达，有些商业模式和从业人员会减少，甚至消失，比如没有特点的百货公司和服装店。但是，现实性最最强大的餐饮业不会消亡，反而会更加强大。因为长江后浪推前浪，新一代吃货正在茁壮成长，比起前辈，他们更懂得生活，更了解食文化。他们的知识与动手能力，会不断提升吃货行列的整体素质，推动着中国的美食向更健康、更丰富、更有创意的美好方向发展。

图书在版编目(CIP)数据

吃出一朵昙花之细嚼慢咽/公输于兰著. —上海：上海文化出版社,2018.8

ISBN 978-7-5535-1205-1

Ⅰ.①吃… Ⅱ.①公… Ⅲ.①散文集-中国-当代 Ⅳ.①I267

中国版本图书馆 CIP 数据核字(2018)第 101834 号

出 版 人：姜逸青
责任编辑：顾杏娣 赵光敏
封面设计：叶 珺 介太书衣

书　　名：吃出一朵昙花之细嚼慢咽
作　　者：公输于兰
出　　版：上海世纪出版集团 上海文化出版社
地　　址：上海市绍兴路7号 200020
发　　行：上海文艺出版社发行中心发行
　　　　　上海绍兴路50号 200020
印　　刷：上海天地海设计印刷有限公司
开　　本：889×1194 1/32
印　　张：7.75
版　　次：2018年8月第1版 2018年8月第1次印刷
国际书号：ISBN 978-7-5535-1205-1/I·445
定　　价：36.00元
告 读 者：如发现本书有质量问题请与印刷厂质量科联系
　　　　　T：021-64366274